男孩情商书

让男孩越来越出息的 70 个成长故事

陈金川 ○ 编著

中国纺织出版社

内 容 提 要

情商是当代人立足社会的生存技能，是一个人成就事业的过程中不可或缺的。男孩要想长大后有所作为，必须从小训练和提高自己的情商。

本书从自我认识、自我肯定、人际关系、冲动控制等十四个方面，讲述了男孩成长和成才过程中必须掌握的情商知识和技能，并设有专项训练，融实用性和趣味性于一体，形式活泼，体例新颖，是男孩提高情商、成长成才的必读书。

图书在版编目（CIP）数据

男孩情商书：让男孩越来越出息的 70 个成长故事 / 陈金川编著 . —北京：中国纺织出版社，2014.9（2023.9重印）

ISBN 978 - 7 - 5180 - 0316 - 7

Ⅰ．①男… Ⅱ．①陈… Ⅲ．①故事—作品集—世界 Ⅳ．①I14

中国版本图书馆 CIP 数据核字（2014）第 103655 号

策划编辑：胡 蓉 库 科　　　责任编辑：赵晓红
特约编辑：党 博　　　　　　　责任印制：储志伟

中国纺织出版社出版发行
地址：北京市朝阳区百子湾东里 A407 号楼　邮政编码：100124
销售电话：010—67004422　传真：010—87155801
http：//www. c-textilep. com
E-mail：faxing@ c-textilep. com
中国纺织出版社天猫旗舰店
官方微博 http：//weibo. com/2119887771
天宇万达印刷有限公司印刷　各地新华书店经销
2014 年 9 月第 1 版　2023 年 9 月第 6 次印刷
开本：710×1000　1/16　印张：15.5
字数：168 千字　定价：58.00元

情商高，智商也高的人，春风得意。

情商高，智商不高的人，贵人相助。

情商不高，智商高的人，怀才不遇。

情商不高，智商也不高的人，一事无成。

由这几句话我们可以看出，在个人成长和走向成功的过程中，情商的作用是不容忽视的。那么，情商到底是什么呢？

简要地说，情商就是现代人必须具备的一种生存能力。它是一个人通过发掘情感潜能，并运用情感能力促使自己达成某种愿望和愿景的能力，是一种可以决定一个人是否成功、能否幸福的重要因素。

在日常生活中，我们经常会听到这样的疑惑：

我在小学时与同学的关系都很好，升入初中之后却感觉很孤单，这是为什么？

我已经换过五位辅导老师了，成绩却仍没有起色，难道还要换第六次吗？

我只想快乐而幸福地生活，可是我总是陷于压力和烦恼之中，我该怎么做才好呢？

……

其实，这些都是现实中的情商问题。困扰着青少年的这些烦恼几

乎都与情商息息相关。

大量实例证明，情商高的人能够对自己和他人的情绪能力作出准确判断，并在此基础上适当地调整自己的言行；情商低的人则因无法认知自己与他人的情绪，容易陷入心理困境而难以自拔，于是在现实生活中处处碰壁，接着烦恼就自己找上门了。在生活中，无论男孩或是女孩都会受到情商因素的影响。

在心理学家看来，与女孩相比，男孩专注于某一事情的时间更短；他们从小就不太在意别人的看法，不管对方是谁；他们总是喜欢做完一件事才去做第二件；尤其是天生喜欢挑战与冒险，好胜心强；他们从小就显得急躁易怒，更希望尽早独立。这些性格特点，决定了男孩更容易冲动，更容易感觉到压力，更容易情绪低落！

哪个男孩不希望自己成才？哪个男孩不希望自己将来有出息？倘若想要让自己在成长的道路上走得更加顺畅，就必须提高自己的情商。

本书针对自我察觉、自我肯定、人际关系、冲动控制等十四个情商点，结合形象生动的情商故事、专业有效的情商训练游戏，多角度为男孩讲解走向成才之路必须具备的情商素质。书中还有拓展内容，具有较强的实用性和可读性。

你想要解决学习、生活中的无限烦恼，想要为自己营造良好的成长环境吗？那就打开这本书吧！它可以帮助你更好地审视和了解自己，让你不再无助地听任消极情绪的摆布，在成才的道路上越飞越高！

编著者

2014 年 1 月

目 录

第九章 成为压力的主人 ✦
　　——承担压力不逃避

第十章 保持理性的勇敢 ✦
　　——克制冲动情绪

第一章

我到底是什么样的

——了解自己，看清自己

美国NBC（美国全国广播公司）王牌节目《今夜秀》的王牌主持人爱德华·麦克马洪，是一个战胜逆境、取得非凡成就的人。他之所以能取得如此非凡的成就，主要是他能够时刻保持与自己进行沟通，了解自己的感受，以及这些感受产生的时刻和原因。这种对自我情绪的察觉，令他很清楚自己该说什么、该做什么。这样，就在无形中拉近了自己与他人之间的距离，从而获得更多的接受和认可。

具有"情商之父"之称的戈尔曼博士认为："自我察觉意味着能够深刻理解自身的情感、优势、缺点、价值以及动力……"

反思让你走向完善

※ **情商培养点：反思自己的不足**

　　古希腊著名思想家柏拉图说过："反思是做人的责任，没有反思能力的人不配做人。"自我反思是认识自己、改正错误、提升自我的有效途径，自我反思能使人格不断趋于完善，让自己慢慢走向成熟。可以说，自我反思是一种比较常用的自我管理手段，虽然简单却卓有成效。

　　中学生小飞是个聪明伶俐的男孩，他尊重师长、乐于助人，大家都很喜欢他。就是这样一个惹人喜爱的阳光男孩，却有一个很大的缺点，那就是贪玩儿。当大家都在学习的时候，他总是会开开小差，或者溜到教室外面去玩耍，学习成绩自然也就差得没法提了。这不，听说文化公园里面即将上演木偶戏，小飞又坐不住了。

知识加油站

　　木偶戏是一种由演员在幕后操纵木制玩偶进行表演的戏剧形式。表演时，演员一边在幕后操纵木偶，一边演唱，并配以音乐。根据木偶形体和操纵技术的不同，分为布袋木偶、提线木偶、铁线木偶、杖头木偶等。

　　一天上午，小飞从课堂上溜了出来，一个人跑到文化公园里去看木偶戏。那天上演的是《孙悟空三打白骨精》，演出精彩极了。小飞看得眉飞色舞，还不时地捧腹大笑。直看到太阳下山，他才依依不舍地回到了学校。这个时候，同学们都已经放学回家了。

第二天早上，小飞刚刚走到校门旁的楠木树下，便遇到了自己的班主任。班主任严厉地责问他，问他昨天到底为什么旷课。小飞的脸一下子羞红了，支支吾吾地说不出话来。见他这个样子，班主任更加生气了，声音不禁提高了许多："你看，连这楠木树都知道天天向上生长，而你却丝毫不知道进取，心甘情愿地做一个没有出息的'矮子'。"

　　过了一天，班主任又将他叫了过去，对他说道："大家都在专心读书，而你却偷偷溜出去看戏。昨天我对你的批评虽然有些严重，但这也是为了你好。你要好好反思一下，看看自己同别人的差距在哪里。"

　　班主任的那一番话，让小飞感动得流下了眼泪。他深深地进行了自我反思，发现贪玩儿确实是自己的大毛病。想要让自己的成绩赶上别人，就一定要改掉这个大毛病。于是他暗暗发誓，一定要将这次教训牢记在脑中，让自己成为一个受人尊重的人。此后，小飞一直坚持严格要求自己，一直让他感到头疼的成绩也慢慢有了起色。

　　自我反思能给混沌的心灵带来一缕光芒。在你迷路时，在你掉进了罪恶的陷阱时，在你的灵魂遭到扭曲时，在你自以为是、沾沾自喜时，反思能够帮助你看清自己思想里的浅薄、浮躁、消沉、自满、狂傲等不好的方面，帮助你重现沉静、昂扬、谦逊和高雅，让你的生命重放异彩，生气勃勃。

遭遇失败后该如何反思

　　生活当中，男孩可能会遇到做事情不成功的情况，这时需要怎样做呢，一蹶不振？还是下次继续犯同样的错误？其实这两种做法都是不对的。出现问题之后，要及时进行反思，这样才能避免再犯同样的错误。

　　首先，要分析失败的原因是什么。要认真

反思，是不是自己平时没有养成认真做事的习惯，导致明明能够做好的事情，最后却仍旧出现了问题。

　　其次，要将自己的目标确定下来，不要因为失败就放弃，而是要正确地衡量自己。看看自己的优势在什么地方，弱势是什么，有哪些方面自己还需要提高。

　　最后，为自己制订计划，按部就班地去执行。为下次做事做好充分的准备。

　　总之，失败并不可怕，只要能够清醒认识自己的弱点所在，并将其克服，以后不在同样的地方栽跟头，并且始终保持明确的奋斗目标，那么你就离成功不远了。

克服懒惰的坏毛病

❋ 情商培养点：了解自己的缺点

懒惰是一种危害性很大的陋习，而偏偏很多男孩都有这个毛病。懒惰容易成为一种习惯，这种习惯是长期养成的，并且会使人们躺在原地不愿意奋勇前进。因此，男孩想要变得优秀，就要仔细对自己进行审视，如果发现自己具有这种恶习的话，便要努力克服它。

从前，有一个懒汉，靠祖上留下的财产生活。他除了吃和睡，什么都不想做，身上的衣服已经有三年没有洗了，又脏又臭。最终坐吃山空，祖上的财产花完了，房子也卖了，懒汉吃了上顿没下顿，成了个穷光蛋。

懒汉已有两天没有吃到饭了，饿得慌，于是准备找一份工作，也好有口饭吃。懒汉来到铁匠铺，对打铁师傅说："收下我吧，我可以给你管账。"

打铁师傅停下手中的铁锤，说："我这小小的铁匠铺，用不着管账的，我这里倒缺一个打铁的伙

知识加油站

坐吃山空，是一个成语，意思是只坐着吃，哪怕是山也会被吃空。常用来形容只是消费而不进行生产，即便是拥有的财富堆积如山，最终也会被耗尽。

计，如果你愿意，可以试试。"

懒汉看了看大铁锤，摇摇头走了。懒汉来到茶馆，对茶馆主人说："收下我吧，我可以给你看门。"

茶馆主人一边忙着给老虎灶加水，一边说："我这个小小的茶馆，用不着看什么门，我这里倒是缺一个挑水的伙计，如果你不怕吃苦，可以留在这里。"

懒汉看了看大水桶，摇摇头。他叹了口气，自言自语地说："我的命真苦，怎么就碰不到一个赏识我的人呢？"

懒汉听几个喝茶的老汉在讲，布店老板是个懒老板，他身上的衣服已经有三年没有洗了。懒汉一听，非常高兴，心想这下找到知音了，于是他急忙来到布店。推门进去一看，只见四处是灰尘和蜘蛛网。老板躺在床上，懒洋洋地问："你来干什么？"

懒汉急忙说："我和你有许多共同点，我想我们一定合得来，让我在你店里混口饭吃吧。"

老板冷冷地说："你错了，懒老板哪会喜欢懒伙计，再说，我平时懒得管理布店，如今已经破产了，还招什么工？"

懒汉一直没有找到工作，他埋怨别人、埋怨命运，就是没有埋怨自己。

生活中，总有很多人懒惰散漫，他们经常花太多的时间闲谈、喝咖啡、看电视等，却很少花时间干正事。要想让自己克服懒惰的毛病，自己首先就要清楚地认识到这是一种很不好的习惯，并且时刻提醒自己："我要变得勤快一些，不能一直这样懒散下去，要把所有的时间和精力用在干正事上。"每天坚持对自己进行训练，直到把这个坏毛病改掉为止。

如何克服懒惰的坏毛病

男孩在遇到问题时应该立即处理，千万不要懒惰。懒惰是非常不好的习惯，不仅会令你变得平庸、给生活带来不便和烦恼，有时还会造成巨大的损失。男孩一旦发现自己身上出现懒惰问题的时候，一定要努力将其克服，具体方法可以参考以下四点。

1. 每次只要想偷懒的想法一出现，就要不断地提醒自己，偷懒不可怕，真正可怕的就是自己现在这种抵触情绪，这种情绪不消除，自己的身体便不能进入"勤奋"的状态。

2. 不要把大量时间都放在寻找最佳办法上，而忘记脚踏实地地去做事情。做事一定要脚踏实地，不能有"抄近路"的心理。

3. 不能总期待每次付出都换回最大的收获，所以不要对自己有过高的期望，只要去做了，过一段时间后，自然会发现"惊喜"。

4. 有时候自己不去做一件事的原因并不是因为自己很懒，而是害怕别人笑话自己笨，所以不用过多顾虑别人的想法，只要勇敢地做自己就好。

按照这些方法去做，男孩会发现，原来让自己觉得枯燥无味、毫无乐趣的事情，一旦投入了热情和勤奋去做，立刻就会呈现出新的意义，动力自然也就来了。

给自己前进的动力

✤ 情商培养点：坚守自己的信念

有人这样说过，信念就好比是航船上的罗盘、黑暗中的灯塔。信念之于人，就如同翅膀之于鸟，没有信念，人的思想便无法飞翔。所以，我们要能够理解自己的情感、懂得自己心中所想、树立属于自己的信念，并让它成为自己坚持前进的理由。

1921 年，一个小男孩出生在布拉格北郊小城克拉德诺。这个男孩在很小的时候，就表现出了对小动物的浓厚兴趣。

那是在他 3 岁时的一个夏天，妈妈在厨房内忙着烘烤蛋糕，忽然她发现儿子不见了。家人找遍了家中的每一个角落，都没有发现他的踪影。正当大家准备报警时，却见他被邻居牵着小手回来了。原来，趁着妈妈没注意，他溜到了门口去玩，这时正好有一群

知识加油站

兹德涅克·米勒，捷克艺术家、插图画家和电影导演。1921 年出生于布拉格北郊小城克拉德诺。1956 年的除夕夜，他在出生地附近散步的时候获得灵感，创作出"小鼹鼠"这一动画形象。第二年首部"小鼹鼠"动画影片《鼹鼠做裤子》一经问世，即获得威尼斯电影节银狮奖。

羊在门前走过，他感到很好奇，就忍不住跟着羊群走了很久。最终，他迷路了。幸亏邻居发现了他，把他带了回来。

在他 8 岁时，父亲送给他一本带有很多动物插图的儿童故事书。他一见到这本书便爱不释手，不仅时刻将其带在身边，还开始拿着彩笔，学着画动物。庭院里的小蚂蚁、天空中飞翔的小鸟、家中的宠物狗，都被他画得活灵活现。

1956 年，他从布拉格美术学院建筑和设计专业毕业后，便开始给很多儿童书画插图，还尝试着进行卡通形象创作。虽然曾经多次在比赛中获奖，但是他却并不满足，一直都在苦苦寻找新的灵感。

有一天晚上，他外出散步，边走边思考问题，忽然脚下被绊了一下，猛地跌倒在地上。正当他拍拍身上的泥土，想站起来时，忽然发现是一个由鼹鼠打出的泥洞绊倒了自己。刹那间，灵感一下便来了，他捡起一截树枝，就在松软的泥土上画了起来。没过多久，一个小鼹鼠的卡通形象便诞生了。这只鼹鼠圆头圆脑的，憨厚中带着几分笨拙，是那么的可爱。

后来的五十多年时间里，这只"小鼹鼠"被无数次搬上荧屏，成为一系列动画片的主角，成为了家喻户晓的卡通明星，同时也为他赢得了世界性艺术声誉。

这个男孩就是著名的捷克艺术家兹德涅克·米勒。米勒坦言，由于小鼹鼠的陪伴，自己的一生都很快乐。对此，有人说，米勒的成功理应归功于当年摔的那一跤。对此，米勒笑着回答说："我之所以会在摔跤时产生灵感，是因为我是一个随时都怀揣着梦想走路的人。"

命运最青睐的，是那些知道自己想要什么，并对其进行坚持、及时抓住机会的人。别以为像米勒那样摔上一跤便能捡到一个大馅饼。不懂得坚守信念即便你摔跤摔到骨头散架，结果可能也只是三个字：白折腾。

让自己的信念坚定起来

相信没有谁会愿意面对失败，但是失败却又是无法避免的。当面对失败的时候，男孩不要气馁，只要坚守心中的信念，勇于接受失败的考验，这样就能够获得成功所必需的智慧和勇气。那么，怎样让自己的信念坚定起来呢。下面几种方法男孩们可以参考。

1. 男孩要学会经常暗示自己，告诉自己"我能行""我是最棒的"。这种积极的心理暗示可以让自己更自信、更放松，甚至可以激发出自己的潜能。

2. 男孩还要养成追寻成功者足迹的习惯，这是让自己的信念坚定起来的最佳途径。可以多读人物传记，也可以多了解自己身边优秀人物的事例，看他们是如何坚定自己的信念实现理想、获取成功的。

3. 公开自己的目标是坚定信念的另一个有效途径。无论是学习计划、作息时间，还是人生理想，全都能够明确地写下来或者是说出来。这样有利于随时自省、随时接受别人的监督。

当成长的过程中遇到冷遇或者是挫折，男孩一定要学会保持平常的心态，切莫怨天尤人，更不要愤世嫉俗，只要坚定自己的信念，最后成功一定是属于自己的。

勇于说出自己的想法

❋ **情商培养点：知道自己想要什么**

懂得自己想要什么、做事拥有主见的人了解自己的内心需求，并且勇于坚持自己内心的想法。这种人往往具有较强的责任心，能够独立、勇敢地面对问题，他们具有较强的社会适应能力和心理承受能力，做事情也更加容易成功。

从小，卡列林在父母的眼里便不是乖孩子，因为他实在是太爱打架了。更加糟糕的是，在上七年级的时候，他居然差点儿将一个同学打死。为此学校向他的父亲发出了最后通牒：如果他的儿子再打人的话，将勒令其退学。父亲想尽了办法，但卡列林的老毛病就是无法改变。最后，在卡列林 16 岁的时候，他被学校开除了。

知识加油站

古典式摔跤，是国际式摔跤的一种。古典式摔跤和自由式摔跤都被称为国际式摔跤。二者的区别在于，自由式摔跤选手可以使用腿攻击对手的腰以上部分或腰以下部分，而古典式摔跤则要求选手仅可以用手臂和上身攻击或者是搂抱对方身体的上半部分。

正当父母觉得儿子一无是处，并为儿子的前途感到担心时，卡列林上学时的体育老师来到了他的家里，告诉他父亲说："现在国家队正选拔摔跤选手，可以让他去试试。"

听了体育老师的话，卡列林突然感到自己的前途一片光明：对呀，自己一直以来都在搏击方面展现出了长处，学摔跤实在是太合适了。于是，他勇敢地向父亲说出了自己的想法。

谁知父亲听后却连连摇头说："你这么不上进，我不相信你能够学成。再说你喜欢打架，已经让我头疼不已，如果再让你去学摔跤的话，万一将别人摔坏了，你以后或许只能在监狱里面度过一生了。"

听完父亲的话，卡列林并没有放弃，他坚持恳求父亲："您让我去学摔跤吧，我喜欢这项运动，我相信这才是我的出路、我的前途！"

体育老师也对这位倔强的父亲说："只要合乎规则，将对手摔倒不仅不是犯罪，还可以为自己与祖国争得荣誉呢！"

听体育老师这么说，又见儿子这么坚持，这位倔强的父亲终于点头答应了。从那以后，卡列林便走上了自己的梦想之路。

追梦的道路是非常辛苦的，但是无论遇到什么困难，卡列林都没有放弃过自己的追求，他一直都在勇敢地面对挑战、克服困难。最终，卡列林不仅在摔跤方面获得了巨大的成就，同时还由一个"坏小子"成长为一个勇于负责的"男子汉"。

这个"一无是处"的男孩连续参加了三届奥运会，并蝉联了三届奥运会男子130公斤级古典式摔跤冠军，成为举世瞩目的体坛巨星，命运也发生了彻底的变化。

一个人的长处与短处是相对的，我们没有办法选择命运，但是却能够知道自己想要什么，之后再勇于说出自己的想法、接受命运的挑战，我们的"短处"便可能变为"长处"。

如何勇敢地说出自己的想法

经常会听到男孩这样说，"我平时很怕当众发言""其实我心中有自己的想法，但就是话到嘴边却不知如何去说"。

如果同样的情况也出现在你身上时，就试试下面这三种方法吧。

1. 在当众发言的时候，不要过分地关注自己，而是要将关注重点转移到其他人身上。这样你就能够发现，其实大家的水平都是差不多的，自己并不比别人差劲。

2. 当你发现自己同其他人的水平差不多时，便可以通过努力来改进自己、提升自己，从而让自己具有超出别人的想法。这样在充分了解自己状况的前提下，说出自己的想法便会显得更加容易。

3. 当你一旦发现自己想要说什么时，就立即将它说出来。这是一种很简单的做法，却能够大大地提升你的自信。

男孩们，不要再担心自己的想法不能变成一连串让人信服的话语，或是害怕自己不能够流利地将心中的意思表达出来。只要你按照上面的方法坚持下去，你便能够勇敢地说出自己的想法了。

珍惜每一分钟

❈ 情商培养点：改掉浪费时间的毛病

俗话说得好："一寸光阴一寸金，寸金难买寸光阴。"时间好比是飞出去的箭，稍纵即逝。如果我们不懂得珍惜时间，又不能够正确认识到这是自己的一个缺点，而是一直在心里觉得时间多得很，浪费一分钟没什么，那么，日复一日，年复一年，你的生命就会在不经意间被浪费掉了。

著名的成功学大师海特斯·莱西曾经接到一个小伙子的求教电话，他与那个向往成功、渴望指点的小伙子约好了见面的时间和地点。

小伙子如约而至时，海特斯·莱西的房门大敞着，眼前的景象令小伙子颇感意外——海特斯·莱西的房间里乱七八糟，一片狼藉。没等小伙子开口，海特斯·莱西就招呼道："你看我这房间，太不整洁了，请你在门外等候一分钟，我收拾一下，你再进来吧！"一边说着，海特斯·莱西轻轻地关上了房门。

大师如是说

在世界上我们只活一次，所以应该爱惜光阴。必须过真实的生活，过有价值的生活。

——俄国生理学家
巴甫洛夫

不到一分钟的时间，海特斯·莱西又打开了房门，并热情地把小伙子让进客厅。这时，小伙子眼前展现出另一番景象——房间内的一切已变得井然有序，而且有两杯刚刚倒好的香槟酒，淡淡的酒香在房间里荡漾着。

可是，没等小伙子把满腹有关人生和事业的疑难问题向海特斯·莱西讲出来，海特斯·莱西就非常客气地说："干杯，你可以走了。"

小伙子手持酒杯一下子愣住了，既尴尬又非常遗憾地说："可是，我……我还没向您请教呢！"

"这些难道还不够吗？"海特斯·莱西一边微笑着，一边扫视了一下自己的房间，轻言细语地说，"你进来又有一分钟了。"

"一分钟……一分钟……"小伙子若有所思地说，"您让我明白了自己的问题在哪里，让我懂得了一分钟可以做很多事、可以改变许多事情的深刻道理。"

海特斯·莱西会心地笑了。小伙子把杯里的香槟酒一饮而尽，向海特斯·莱西连连道谢后，开心地走了。

每个人都应该养成珍惜时间的好习惯。时间就是生命。文学大师鲁迅曾说过："时间犹如海绵里的水，只要你挤，总是有的。"只要能够养成珍惜每一分钟的习惯，我们就可以做到每天比别人多挤出一小时来。大家都不妨对自己进行审视，如果发现自己具有浪费时间的不良习惯之后，要坚决将其杜绝。只有懂得珍惜每一分钟、善于利用每一分钟的人，才会在自己所在的领域有所建树。

珍惜时间有妙招

时间是宝贵而又有限的，在人的一生当中，没有多少时间供你去浪费。一旦"今天"这一页被翻了过去，宝贵的今天就再也回不来了。人们对待时间的态度不同，最后所取得的收获也有所不同。只要学会珍惜时间，便能够让时间更好地为你服务。下面就给男孩们介绍几种珍惜时间的妙招。

1. 用好手表和闹钟。男孩在做事时，可以事先设定好时间，每到该做什么事情的时候，都有铃声进行提醒，以免因为忘记时间而误事。

2. 专心致志做事。想要将时间利用好，男孩首先要做到的就是养成做事专心致志的好习惯。像穿衣、吃饭、洗衣服等事情都可以采用限时完成法，这样坚持下去，会收到不错的效果。

3. 学会适当"一心二用"。专心致志是必须做到的，但是，男孩还要学会在适当的时候"一心二用"，利用好零碎的时间。像在晨跑时可以听听英语录音，或者将词汇表贴在盥洗池旁，每天洗脸、刷牙时便能熟记一个生词等。

4. 多花几分钟。几分钟的时间似乎很短，但是如果能够将这很短的时间利用好，便可以令很多事情变得更加简单。每天在做完作业之后，坚持多花几分钟时间检查一下，或者是预习一下第二天的功课，这样就可以让自己省掉许多修改错误的时间，并且在第二天的课堂上也会感到很轻松。

珍惜时间的人"留下串串硕果"，不仅延长了生命，而且使生命富有意义；浪费时间的人却"两手空空，一事无成"，只有徒伤悲，空叹息。男孩一定要时刻将珍惜时间的观念挂在心头，让自己在有限的时间内取得更大的成绩。

认识不良情绪——自我察觉游戏训练

1. 游戏目标

分析引发不当行为的情绪。

2. 规则简介

这个游戏总共需要35～50分钟。游戏参与者回忆一个对自己行为感到懊悔的情景。并确定自己当时做了什么样的不当行为，同时回想在自己做出这种行为的那一刻，自己的心理经历了什么样的变化。

3. 材料预备

活页挂图、笔。

4. 游戏程序

活动内容	预计所需时间
对让自己感到懊悔的情景、感受和反应进行回忆	15 分钟
讨论自己的反应	15 分钟
大家汇报讨论	5～20 分钟
共计	35～50 分钟

5. 特别说明

（1）向游戏参与者分发材料。

（2）要求游戏参与者回想一个距离现在时间较近的情景，在这个情景中，他们对自己的行为方式感到了懊悔。然后让他们对自己感到懊悔的方面进行描述。

（3）要求游戏参与者写出身处上述情景中的感受，像尴尬、焦急、恐惧、防御以及产生这种感受的原因。比如，"我感到很尴尬，因为我进行提问却没有得到回答。"

（4）接下来，让他们写下自己应对那些感受的方法。再让参与者假想一下，如果情况进展顺利的话，他们会有怎样的感受。

（5）让游戏参与者进行回忆，并尽力推断当时周围人的感受。让他们进行判断，当时其他人是否知道自己的感受？自己是凭借什么进行推断和做出这种定论的？通过回忆反思，让他们评判自己对这种情景的评价是否正确。

（6）让游戏参与者们尽量对自己的决策进行客观评价，并将自己的想法记录在活页挂图中。同时引导他们思考，看他们是否仍旧处于压力之中？他们是否能够将冲动更好地控制起来，以助于更好地察觉自己的情绪？应该怎样去更好地控制冲动？

（7）集体汇报讨论，让游戏参与者讨论自己最关注的事情，而不是身体器官发出的本能暗示。并将答案写到活页挂图上面。同时告诉他们，在学习和生活中，我们往往会关注象征性的、口头的等表面性的问题，而想要了解自己的真实状态，则要增强对身体内部状态的敏感度、有意识地对潜意识加工的感受进行关注，这样才能够了解自己的真实感受。询问是否有人愿意和大家分享这方面的感悟。

6. 游戏成效

通过"自我察觉游戏训练"，能够帮助游戏参与者进一步掌控情绪的变化过程，了解情绪对行为的影响，识别情绪变化的信号。

第二章

接纳并相信自己

——懂得自我尊重

长篇小说《钢铁是怎样炼成的》中的保尔·柯察金，可以说是自我尊重的一个典型范例。为了实现为祖国、为人民的利益奋斗终生的伟大追求，保尔投身革命。在多次浴血奋战当中，他受了很多重伤，导致他几乎全身瘫痪并双目失明。无法忍受精神和肉体的双重痛苦，保尔想到了自杀。但是他又清楚，自杀便等于背叛了革命。于是他开始对生命进行深刻地思考，鼓励自己接受自己、振作起来，最终迎来了崭新的人生。

《巴昂情商量表技术指南》中指出，自我尊重指的是："尊重、接受自己。根据自尊、自重，以及完美的认同感来肯定自己。与感到无能自卑的人截然不同的是，自我尊重的人富有成就感与满足感。"

从内心肯定自己

✳ 情商培养点：相信自己能行

自信的种子依靠自己的力量破土而出，自信的雄鹰凭借自己的力量展翅高飞。能够及时肯定自己的人，往往能在人生关键的转折点上选择正确的方向，释放出无限的正能量。

在我国古代，有一个大家熟知的"毛遂自荐"的故事。

战国时期，强大的秦国攻打赵国，赵国虽然竭力抵抗，但仍因力量不足，节节败退。于是赵王便请平原君想办法向楚国求援。平原君接到命令后，打算从自己的数千名家臣中挑选出有勇有谋的20人随同前往。可是真要找文武双全的人才，却并不容易。挑来挑去，只挑出了19个人，其余都看不中。正在他着急的时候，有个门客站了起来，自我推荐说："我可以跟您一同去楚国。"平原君上下打量了一番这个门客，问道："你是谁呀，到我这儿有几年了？"那个门客说："我叫毛遂，到您这儿已经三年了。听说您为了救赵国，将到楚国去游说，我愿意随您前往。"

平原君听了笑笑说："三年的时间，不算短了。一个人如果有什么特别的才能，就好像锥子装在布袋中会立刻把它的尖刺显露出来那样，他的才能也会很快地彰显出来。可你在我府上已有三年了，我还没听说你有什么特殊的才能。我这次去楚国，肩负着求援兵救社稷的重任，没有才能的人是不能同去的，你还是留下来好了。"

平原君很坦诚地劝毛遂留下来，但毛遂却充满自信地回答说："您说得不对，不是我没有特殊才能，而是您一直都没把我装在布袋中。若早把我装在其中，我的才能早就像锥子一样脱颖而出了。"从谈话中，平原君觉得毛遂确有不寻常之处，就同意了毛遂的请求，凑足20名随从，前往楚国。

到了楚国后，平原君跟楚王从早上谈到晚上，都没有谈好出兵救赵的事情。于是大家一起推荐毛遂去试试说服楚王。只见毛遂不慌不忙，拿着宝剑，器宇轩昂地走上了台阶，他气定神闲，有理有据地陈述了两国间的利害关系，慷慨激昂的话语把楚王说得连连点头称是。最终楚王答应联合，与赵国歃血为盟。楚、赵结盟以后，楚

知识加油站

平原君，东周战国时期赵国的宗室大臣。他以丞相的身份对赵惠文王、赵孝成王两代君主进行了辅佐，曾经三次罢相，又三次复位。平原君非常喜欢结交宾客，隶属于他门下的宾客最多曾达到数千人。

王立即派春申君为大将，率领八万大军，奔赴赵国，最终解了赵国之围。

能够接受自己、肯定自己的人一般都会表现得信心十足，总是能够大胆、沉着地处理各种棘手的问题，并且给人平易近人、不拘小节的印象。所以，无论生活中失去什么，都永远不要忘记肯定自己，做一个自信的人，生活才会阳光灿烂、充实美满。

情商训练营

自信训练小方法

生活当中，总是充满了变数，有时顺利，有时便会遭遇挫折。对于下一刻将要发生的事情，谁都不能够未卜先知。在这种情况下，如果想要前进，要想战胜困难的话，自信就是必须具备的。男孩只有善于肯定自己，才能实现自己的理想；只有善于肯定自己，才能在人生

的道路上，尽览无限的风光。想要让自己真正自信起来，平时可以按照以下四个方法进行训练。

1. 把你的优点和成就列出来，写在纸上。在从事各种活动时，想想自己的优点，并告诉自己曾经有过什么成就。

2. 当你遇到困难时，一定不要放弃。要坚持对自己说："我能行！""我很棒！""我能做得更好！"

3. 保持整洁、得体的仪表。举止洒脱，行为端正，助人为乐，目不斜视，就会有发自内心的自信。

4. 懂得扬长避短。在学习、生活中，要经常抓住机会展现自己的优势、才能，同时注意弥补自己的不足，不断求得进步。

自信是一种潜在的可贵力量，男孩拥有了它，可以为自己的学习、生活带来激情和力量。自信又是男孩做人的原则，当遇到困难时，不管经历多少次失败，都要努力战胜困难，像无所畏惧的苍松那样，傲然挺立。

成功没有想象的那么遥远

❋ **情商培养点：了解自己的实力**

生活中，许多成功之门都是虚掩着的。很多时候，我们之所以中途败下阵来，并不是因为难度太大，而是由于我们没有充分认识到自己的实力。如果你"推"开自己心中这扇虚掩之门，你就会发现，成功的目的地并不是想象的那么遥远。

一位老师对他的学生说："我曾是个不太相信自己的人。"接下来，他为学生讲了一件改变他人生态度的事。

那时他在城里开了家杂货店，由于经营不善，不仅之前的所有积蓄一去不返，而且还负债累累，要花上好几年时间才能偿还清。那天是个星期六，他准备关闭这间杂货店，再到其他城市找一份工作。走在大街上，他像一只斗败的鸡，觉得自己一无是处，信心和斗志也消失殆尽。

就在这时，街的另一头过来一个妇人，那妇人没有双腿，坐在一块安装着溜冰鞋滑轮的小木板上，两手各用木棍撑着向前行进。他的视线一直没有离开那个残疾妇人，只见残疾妇人微微提起小木板，准备登上路边的人行道。就在那一瞬间，他和残疾妇人的视线相遇，出乎意料的是，残疾妇人坦然地冲他一笑，很有精神地和他打招呼："早安，先生，今天天气真好啊！"

讲到这儿，老师对他的学生说道："这个景象扫除了我之前所有的忧虑和自卑。事情的发生虽然只有十几秒，但就在那一刹那，我对生命意义的了解，比在前十年中所学的还多。"

在残疾妇人向他打招呼的那一刻，他突然体会到自己是何等的富有。他在内心问自己：为什么要如此自怜？那个妇人失去了双腿仍能快乐、自信，我这个四肢健全的人还有什么不能的？

之后，他打起精神，到银行贷了款，不久后便找到了工作。不久之后，他又重新赚到了一笔钱……

大师如是说

我们对自己抱有的信心，将使别人对我们萌生信心的绿芽。
——法国作家
拉罗什富科

当这位老师不相信自己实力的时候，他是颓废的，他感到前途无望。当他重新树立起信心的时候，便将自己的潜能发挥了出来，最后获得了成功。

充分了解自己的实力

在飞机未被发明之前，许多大科学家都断言，飞机的发明是不可能的。结果飞机成为了人类最伟大的发明之一。在现实生活中，男孩往往被太多的"不可能"束缚了手脚，阻碍了前进的脚步，因而失去了勇气，不再敢于探索和追求，最终与成功越来越远。

如果男孩现在还不清楚自己在哪方面具有优势，不妨通过以下这两件事来了解自己的实力。

1. 耐心等待。静下心来，耐心地等待自己比较擅长的事情显现出来。人每天都会经历非常多的事情，所以不怕没有发现自己特长的机会。

2. 主动尝试。如果你认为自己在哪些方面具有天赋的话，可以主动去进行尝试。比如说你要是感觉在音乐方面具有天

分的话，就可以将自己的能力展现给专家看，请他们对自己进行评价和指导。如果你对计算机感兴趣的话，可以自己去尝试、摸索一些东西，像编程、制作网站界面等。通过这些尝试活动，你便会慢慢地发掘出自己的实力了。

生活当中，男孩不能甘于平庸，要朝气蓬勃、永远进取、超越自我，发现自己的实力，并将其最大限度地发挥出来。只有你具备了这种能力，才能够在人生的道路上不断前行。

别让苦难阻碍前进的脚步

※ 情商培养点：苦难中不迷失自我

法国作家巴尔扎克说："贫苦犹如熔炉，伟大才智都会在其中炼得纯净和永不腐蚀，正像钻石那样，能够经受千锤百炼而不会粉碎。"穷困的经历，是一种胜过任何经验的资本，也是人生的一大收获。在这个过程当中，我们可以更好地了解自我、肯定自己。只要胸怀壮志，奋力上进，我们就在实现理想的道路上迈出了一大步。

物理学家法拉第出生在伦敦一个铁匠家庭。小时候他家里很穷，只能靠父亲每日打铁挣来的一点儿钱维持着艰难的日子。法拉第9岁时，父亲病倒了，家里唯一的生活来源断绝后，日子变得更加艰难，法拉第和家人只好靠慈善机构的救济维持生活。

从小就饱尝到生活艰辛的法拉第，是在饥饿中长大的。在他的记忆中，小时候很少有吃饱肚子的时候。当时，还经常有一些孩子嘲笑他，说他是铁匠的儿子，上学也不会有什么出息，将来长大了，也只能像他父亲一样当下等人。

　　身处这样穷困的窘境，法拉第没有退缩，他选择了勇敢接受自己的出身，勇敢面对小伙伴们歧视的目光。他咬牙忍耐着，坚持上学读书。渐渐地，他比其他同学多了一些坚强的意志和战胜困难的勇气。

　　由于生活所迫，法拉第13岁时便离开学校做了一名报童，不管刮风下雨，他每天都要走街串巷地推销报纸。在工作之余，法拉第利用一切可以利用的时间来看书学习，这使得他的学业没有因为离校而中断。年龄稍大些后，法拉第又到装订厂做了一名装订工。这样，他便有机会接触到更多的书籍了。

　　后来，法拉第又找了一份在皇家研究院实验室刷瓶子的工作。他并没有嫌弃这个"脏活"，而是借用这个机会，在休息时间到实验室的顶楼内做实验。经历了实验——失败——再实验——再失败的磨砺，法拉第终于成为了一位伟大的物理学家。

知识加油站

　　物理学家，分为理论物理学家和实验物理学家两类。二者在本质上没有什么区别，只不过理论物理学家偏重理论，如爱因斯坦；而偏重实验的，则被称为实验物理学家，如法拉第。

　　1831年，法拉第发现了电磁感应现象，这是电磁学中最重大的发现之一。也正是因为这一发现，才令电得以应用到我们的生活当中。

　　法拉第出身贫寒，但苦难并没有阻碍他前进的脚步，也没有让他丧失进取心。正是他的这种力求上进的精神，才使他在前进的道路上披荆斩棘，最终走向了成功。

做战胜苦难的英雄

生活中，每个男孩都会有遭遇苦难的时候，这时不要忙着慌乱，更不要急于自卑，而是应该认真、仔细地进行考虑，预计一下最糟糕的情况，正视这种苦难，并从中找到肯定自己的充分理由。男孩们可以从以下三点来找到开导、鼓励自己的理由。

1. 没有过不去的苦难。月有阴晴圆缺，人有旦夕祸福。没有谁的一生可以一帆风顺，任何人都有可能会遭遇苦难。但是一切都会有结束的时刻，苦难也总是会随时间的推移而得到解决，我们要努力寻找解决问题的方法。

2. 每次苦难都包含机遇。任何苦难中都隐含着创造的可能。而有时苦难，也往往是成功的动力。

3. 难题会对你产生正面影响。我们的态度，是可以由自己来决定的。苦难往往会令我们变得更加坚强，所以男孩要鼓励自己去勇敢地面对苦难、正视自己。

男孩们，学会调整自己的心态，将苦难看做是一座山吧。有了上山，便还会下山。虽然向上爬的时候有些困难，但是当你下山时就会感到非常容易，还可以看到另一面的风景，最终，自己也成了战胜苦难的英雄。

我不应该是这个样子

※ **情商培养点：肯定自己，坚持到底**

　　我们每个人都应该学会肯定自己，在做事情时要对自己说，我肯定行，我能成功，并将此想法坚持到底。

　　在一百年前，一个英国富人家的孩子跟随旅游团来到了瑞士，准备跟随大人们一起攀登阿尔卑斯山。然而在山脚下，面对高耸入云的山峰和一眼望不到尽头的山脉，这个少年几乎被震慑住了。他不禁感叹道，原来世界上还有这么高的山峰啊，比我家后面的山可高多了。往日，他爬他家后面的那座小山头还感觉很吃力，再一看眼前这座大山，他心里有些畏缩了。

　　这时，一位年迈的老人已经开始登山。他在一步一步地向上挪动着，他的步履明显迟缓，但却坚定，老人的举动使这个少年受到了鼓舞。于是，少年也迈出了第一步。在爬山的过程中，每当他累得气喘吁吁产生放弃的念头时，他便抬头去望那位老人不停向上移动的身体。每当这个少年看到那个老人向上攀爬的身影时，他

知识加油站

　　温斯顿·丘吉尔，著名的政治家、演说家、作家以及记者，1953年诺贝尔文学奖得主，曾于1940～1945年及1951～1955年两度任英国首相，被认为是20世纪最重要的政治家之一。

都会想，自己比他年轻，体力也更充沛，所以肯定能够爬到山顶。因此，他虽然一次次地摔倒，却又一次次地爬了起来。最后，他终于成功登上了

山顶。站在山顶俯瞰山下，他发觉一切都变得那么渺小！登山的经历给他留下了难忘的印象，也使他明白了一个道理：相信自己，肯定自己，总会有希望成功的！

后来有一次，这个少年与几个小伙伴相约去划船、游泳。正当他们游得惬意的时候，湖面上突然刮起了一阵风，小船随风飘走了。没有船他们就无法上岸了，这下可急坏了这群孩子。他们见势不妙，便拼命地追赶小船，一直追了大约一公里，就在距离小船只有五十多米的地方，小伙伴们实在游不动了，其中有两个小伙伴干脆停下来，说什么也不往前游了。这时，这个少年也一样精疲力竭，他自言自语地说："难道今天真是我的末日吗？不，绝不！只要我还有一口气，我就要坚持！那么高大的阿尔卑斯山不是曾经被我踩在了脚下吗?!"于是这个少年竭尽全身气力，坚持游到了小船边，他上船后调转了船头，救起了那些已经累得筋疲力尽的伙伴们。这件事像那次登山一样，使这个少年更坚定了在困难面前坚持到最后的信念。

这个富家少年就是温斯顿·丘吉尔，三十年后，他当上了英国首相。在第二次世界大战期间，当纳粹的铁蹄几乎踏遍了欧洲大陆的严峻时刻，丘吉尔表现出了临危不惧的精神，他领导英国人民坚持抵抗，与世界正义力量一起战胜了法西斯，赢得了英国人民的尊敬。

情商训练营

这些方法为你鼓劲

在遇到困难的时候，男孩不要气馁，因为人在一生中，或多或少都要遭遇到困难，只要勇敢地面对，寻找到有效的方法为自己鼓劲，最终将其战胜就好。下面就为男孩们介绍三个为自己鼓劲的方法。

1. 告诉自己"我能行"。心理暗示的力量是不容小觑的。当你疲惫不堪，觉得自己要坚持不住时，不妨对自己进行积极的心理暗示，不断地对自己说"我能行"。这样你的劲头儿便会重新变得充足起来。

2. 进行深呼吸。当自己信心不足，想退缩的时候，不妨进行一下深呼吸。深呼吸能够平复你激动的情绪，令你平静下来，从而认真思考你的实力与面对的状况，这样就不会因为一时的退缩而否定自己的能力。

3. 向别人寻求鼓励。向别人求助，请他们对自己进行鼓励，是为自己鼓劲的另外一个重要的方法。他人适时的鼓励，能够及时唤起自己的干劲和信心，避免自己将时间浪费在低落与消沉中。

困难像弹簧，你强它就弱，你弱它就强。男孩们要记住，不要惧怕困难，只要你能够以正确的态度去面对，自己就能变得坚强、强大，成功也自然就向你靠近了。

脑袋只有一根筋

✳ **情商培养点：专注地做一件事**

美国著名作家马克·吐温说："只要专注于某项事业，那就一定会做出使自己感到吃惊的成绩来。"了解自己，认识自己，如果知道自己该干什么，就认准一个目标走下去，心无旁骛，生命就会出现奇迹。

埃迪·阿卡罗小时候非常不幸，他不但长得又矮又瘦，而且学习成绩也不好，同学们都不喜欢他，还经常欺负他。所以他也不愿意待在学校，总是偷偷地溜到附近的赛马场玩。

后来，埃迪·阿卡罗萌生了学习赛马的想法。他的父亲看他在学习上没什么前途，也就同意了。学了一段时间后，那位驯马师告诉他父亲："请把你的孩子领回家吧，据我观察，他是成不了骑师的。"

这件事对阿卡罗打击很大，但他仍旧坚信自己可以成为骑师，他并没有放弃。于是，他坚持不懈地努力争取着。终于，他得到了一个参加真正的赛马比赛的机会，这个机会对他来说难能可贵，可是他并没能把握好。比赛还没结束，他的马鞭和帽子就都掉了，连他自己也差点从马鞍上掉下来，他被其他选手远远地甩在了最后。

在这次糟糕的比赛之后好长一段时间，阿卡罗都没有再找到参加赛马的机会，因为人们已经对他不抱希望了。但阿卡罗没有半途而废，他一直顽强地坚持着。终于，他的决心、坚持和固执打动了一位马主，马主决定再给他一次机会试试看。埃迪·阿卡罗终于又有机会上阵了，但人们只看了他骑5分钟的马，就发现他太笨拙了。在他先前参加的近百场比赛中，不是在起点就被落在后面，就是深陷重围无法冲到前面，再就是磕磕绊绊地出事故。

阿卡罗又失败了。在那惨淡而漫长的岁月里，阿卡罗生活困苦，四处漂泊，他几乎没有一个朋友。他摔断过几根骨头，遭受过马蹄的践踏，他那瘦弱的身子接受着一次又一次致命的考验，但每次他都能重整旗鼓回到马鞍上。

知识加油站

肯塔基州，美国中东部的一个州，正式名称为"肯塔基联盟"。其面积104749平方千米，在全美国排名37。肯塔基州的纯种马和威士忌在世界上享有盛名。

终于，无数次的失败摔打让他的马技日渐纯熟，转机在他的不懈追求下出现了。阿卡罗开始一次接一次地取得胜利，失败再不是他的专利，他告别了那些暗淡无光的日子。

埃迪·阿卡罗的梦想终于变成了现实，在其30年的赛马生涯中，他共赢得了4779场比赛，成为历史上唯一在肯塔基赛马会上五次获胜的骑师。

一个人的精力是有限的，一味贪多、求广，肯定会分散精力，结果往往会一事无成。天底下只有人才，没有全才，所以我们不必要求自己在每个方面都表现得很出色。只有认准一个目标，然后集中全部的精力，才可能获得成功。

如何专注地做一件事

男孩在做事时，如果不把自己的全部心思用在一件事情上，就很难有什么大的成就。如果我们能够确定好自己的目标，而不是三心二意、左右摇摆，那么我们成功的概率将大大提高。男孩想让自己全身心地投入到一件事上，要做好以下几点。

1. 不要制订难度过大的计划。当制订的计划远远超出自己的能力时，非但执行起来费力气，结果还往往会不尽如人意。这样，不仅会让自己半途而废，而且还会挫伤自信心。

2. 将计划分解成若干个小计划。将计划进行分解，分阶段执行。这样执行起来压力便会小很多，获得成功的机会就会更大，信心也会越来越充足。

3. 完成计划后对自己进行奖励。每当完成一个计划之后，可以给自己一个奖励，这样可以调动自己的积极性，以后实施计划时更有劲头儿。

水滴的力量虽小，但一点一滴常年积累，它的力量可以穿透坚硬的石头。石头虽然很坚硬，却被弱小的水滴一天天积累起来的力量穿透，这说明只要看准方向坚持不懈，再大的困难也能克服。男孩要有坚定的毅力和不服输的精神，做一滴穿石的水滴，永远坚持不懈。

认识自我——自我尊重游戏训练

1. 游戏目标

引领游戏参与者认识"自我尊重"，并拓展"自我尊重"的能力。

2. 规则简介

这个游戏总共需要45~80分钟。游戏参与者置身于安静的环境中进行自我反思，同时回答一系列的问题，然后大家进行共同讨论，看有什么收获。

3. 材料准备

纸和笔。

4. 游戏程序

活动内容	预计所需时间
简要对"自我尊重"进行一下介绍	5~10分钟
进行自我反思并回答问题	30~60分钟
大家汇报总结	10分钟
共计	45~80分钟

5. 特别说明

（1）向游戏参与者分发纸和笔。

（2）指导他们进行不少于30分钟的自我反思，思考以下问题并写出答案。

①自己的奋斗目标是什么？如果这个目标实现了，它能否让自己感到满意？

②为了实现这个目标，对自己和生活的认识要做哪些改变？

③为了实现这个目标，要改变对自己、人生的哪些感受？

④自己的行为要怎样改变？

⑤会有什么因素阻碍自己按照上面这些要求进行思考、感觉和行动？

在这个过程中，指导者要强调这是一项个人训练活动，对于这些问题，每个人都会有属于自己的答案，鼓励游戏参与者勇敢面对自我。

（3）组织大家在实际生活中继续体验在这项训练当中学到的东西。

6. 游戏成效

通过"自我尊重游戏训练"，能够帮助游戏参与者了解"自我尊重"到底是什么，激发他们进行自我探究，帮助他们构建更加健康积极的"自我尊重"。

第三章

确信自己与众不同

——自我肯定很重要

美国社会活动家马丁·路德·金身上具有一种"大人物"感，这是一种铁骨铮铮的信仰。他以对自己信仰的捍卫，来对人类价值进行颂扬。他的做法，给予了黑人、穷人希望与尊严，激起了被压迫人们的民族意识。

情商专家韦辛格是这样描述自我肯定的："能够捍卫自己的观点、想法、信仰、权利与需求，同时还可以尊重他人的观点、想法、信仰、权利与需求。"

信念打破质疑

※ **情商培养点：坚定信念不动摇**

在别人的质疑声中，我们一定要能够坚定信念，凭借自己的经验确定什么是正确的、什么是错误的。独立的想法是我们人生道路上重要的精神支柱，只要坚持捍卫自己的想法，每个人都可能成为自己理想中的英雄。这样做不仅可以让你的正心态更趋于稳定、牢固，同时还能促使其他正心态的养成。

小泽征尔是世界著名的音乐指挥家。在还没有出名之前，他参加了一场很有影响力的音乐演奏指挥大赛。

那天，小泽征尔走上指挥台，然后转身面向他要指挥的乐队。他将手中的指挥棒举了起来，随即，乐队演奏的音乐舒缓地回响在大厅里。刚开始演奏的时候，小泽征尔感觉一切都正常，然而随着演奏继续进行，小泽征尔发现曲调越来越不和谐。这时，一个念头忽然在他的脑海里闪过：乐队演奏有问题，里面有错误！想到这里，他马上示意乐队停下来，然后重新开始演奏。第二次的演奏还是不能使他感到满意，乐曲中间总会出现那么几个显得很突兀的音符，听起来极不悦耳。于是，小泽征尔再一次示意停止演奏。这一次，他转身对评委说："乐谱有错误。"

对于小泽征尔的疑问，一位评委十分肯定地回答："这是不可能的，乐谱不可能会出现错误。""不会有错，你放心，这可是标准的乐谱。"另一位评委也随之肯定地说。

在场的评委都是大师和权威人士。此时，场内所有的人都把目光集中到了小泽征尔身上。小泽征尔低下头，冥想了一会儿，突然，他抬起头大声说道："不，我肯定这乐谱有错误！"

瞬间，整个音乐厅内鸦雀无声。片刻过后，评委席上突然响起热烈的掌声……原来，这是评委们故意设计的一个"圈套"——乐谱的确被故意做了手脚，以此考验参赛的指挥家是否具有较强的自信心，是否能够坚持自己的判断。

小泽征尔经受住了考验，是他的坚定信念为他赢得了胜利。这次考验为他后来成为举世闻名的大指挥家铺平了道路。

一个人，无论做什么，只要把信念时时融入学习和做事之中，坚持到底，成功就会向他悄悄靠近。这样的人总是能赢得上天的眷顾，这不是因为他们有什么特殊的才能，而是因为他们有上天偏爱的品质。

知识加油站

小泽征尔，日本著名指挥家，生于中国沈阳。他出色地指挥过纽约爱乐乐团，旧金山交响乐团和维也纳乐团等，后与波士顿交响乐团签订终身合同，任音乐指导兼指挥，并兼任新日本爱乐乐团的首席指挥。

情商训练营

做一个坚持自己信念的人

信念如同人生征途中的一颗明珠，既可以在阳光下熠熠生辉，也能够在黑夜里闪闪发光。不坚持自己信念的人，永远也做不了将军。男孩要相信自己就像是一支箭，只要足够坚韧，只要足够锋利，便有足够大的舞台展示自己。想要坚持自己的信念，男孩有四点需要注意。

1. 不惧怕困难，不被外界评论所左右，在困境中寻找突破，坚定自己的信念。

2. 克服恐惧心理，通过提高对事物的认知能力，扩大认知视野。

3. 对目标执着地追求，在为一件事做准备时，不但要制定明确的目标，更重要的是要始终专注于这个目标，不能因为其他事情的出现而分散自己的注意力。

4. 把振奋、欢乐等积极心态装满，把自卑、懒惰、痛苦等消极的思想统统抛开。做一个有坚定信念和执着追求的人。

坚定信念不动摇并不是一件难事，男孩一定要记住，你需要对自己的内心负责，如果有其他来自外部的不同声音，你要懂得分辨，有利的方面积极听取，无益的方面勇敢排除。

捍卫自己的原则

✳ 情商培养点：不随波逐流

中国当代小说家柳青说过："人生的道路虽然漫长，但紧要处常常只有几步，特别是年轻的时候。"可以说，自己的为人处世原则是管理好自己思想的主线，一切认知活动都应该参照这个准则，用原则来衡量做事的正误。不能坚持原则的人，就好像墙上的无根草，随风摇摆不定，找不到自己的方向。这样的人，是得不到别人信任的。

一位实习医生刚从学校毕业，在一家医院做实习生，实习期为一个月。在这一个月内，如果能让医院领导满意，他就可以正式获得这份工作。否则，就得离开。

一天交通部门送来了一位因遭遇车祸而生命垂危的病人，实习医生被安排做外科手术专家——该院院长亨利教授的助手。复杂艰苦的手术从清晨进行到黄昏，眼看患者的伤口即将缝合，这位实习医生突然严肃地盯着院长说："院长，我们用的是12块纱布，可是您只取

大师如是说

一个没有原则和没有意志的人就像一艘没有舵和罗盘的船一般，他会随着风的变化而随时改变自己的方向。

——英国道德学家
斯迈尔斯

出了11块。""我已经全部取出来了，一切顺利，立即缝合。"院长头也不抬，不屑一顾地回答。"不，不行！"这位实习医生高声抗议道，"我记得清清楚楚，手术中我们用了12块纱布！"院长没有理睬他，命令道："听我的，准备缝合。"这位实习医生毫不示弱，他几乎大叫起来："您是医生，您不能这样！"直到这时，院长冷漠的脸上才露出欣慰的笑容。他举起左手里握的第12块纱布，向所有的人宣布："他是我最合格的助手。"

院长在考验他是否坚持自己的原则——而他具备了这一点。这位实习医生后来理所当然地获得了这份工作。

只有能够捍卫自己原则的人，才能赢得良好的声誉，才能令他人愿意与你建立长期稳定的交往。坚持原则还会给人们带来友谊、信任、钦佩和尊重。人类之所以充满希望，其原因之一就在于人们对原则具有一种近于本能的识别能力，而且不可抗拒地被它所吸引。

坚持做人原则的三个技巧

"力求成为自我，在任何时候都忠于自我，力求达到内心的和谐。"这是高尔基对年轻人的期望。所以男孩不管为了什么原因都不能不择手段，甚至放弃自己的底线，一旦原则丧失，未来就只能任凭别人的摆布。具体来说，坚持原则有以下三个小技巧。

1. 要有自己的原则，信仰公平正义，邪不侵正。将来工作后，要做到有职业操守，不随波逐流。

2. 必须相信学习和生活是有规律的，每种活动都有一定的运行规则，人生要有意义，必须按一定的做人原则办事。

3. 相信勤奋好学，努力奋斗，一定会有所成就。多读一些名人传记，看看他们是怎样生活，他们是怎样坚持原则的。

生活中的每件事都离不开原则。战场上，有军规作为打仗的原则；交通中，有规章制度来约束行驶。所以，男孩先要确定什么是自己想要的，然后再坚定地将其坚持下去。

坚持到底不放弃

※ **情商培养点：坚信自己可以**

法国杰出的生物学家巴斯德有句名言："我唯一的力量就是我的坚持精神。"坚持往往是通往成功的必由之路。胜利常常孕育在坚持之中。人的一生会经历许多转折点，关键的时候，一定要坚持自己的想法。大量成功的例子表明，只有那些在各种困难和挫折面前坚持自己信念的人，才能最终获得成功。

一只新组装好的小钟被放到了两只旧钟中间。那两只旧钟在一分一秒地走着，发出"滴答滴答"的声音。其中的一只旧钟和小钟说道："我们老了，该轮到你来工作了，但是我有些担心，觉得你在走完三千二百万次之后，恐怕就会吃不消了。""天啊！竟然要走三千二百万次。"小钟没有想到自己的任务如此艰巨，它感到吃惊不已，

大师如是说

不要失去信心，只要坚持不懈，就终会有成果的。

——中国科学家 钱学森

但是稍微迟疑了一会儿之后，小钟仍旧信心满满地说，"我觉得，你们能做到的，我也能做到！"

另一只旧钟听到小钟的回答后说："你能这样想真好，我相信你，你一定能够做到。"

听到另外一只旧钟的鼓励之后，小钟更加坚信自己能做到了。于是它丝毫没有压力，时时刻刻都在很轻松地摆着。

不知不觉中一年过去了，小钟果然摆了三千二百万次。不知不觉中十年过去了，小钟还坚持在自己的岗位上，每天摆得都很快乐。

每个人肯定都有属于自己的想法，并且都相信自己的实力，觉得成功似乎离自己并不遥远。这是一种好的心态，但是光有这好心态还不够。当你遭遇别人的非议时，还要能够坚持到底不放弃，这样，才能将事情做好，享受到成功的喜悦。

将学习计划坚持到底

想必男孩在制订完学习计划后，经常会出现遇到各种各样的困难而无法执行下去的情况。这时不要丧失信心，你唯一要做的便是坚持。掌握下面讲述的方法，让我们把自己的学习计划坚持到底。

1. 从实际出发。制订属于自己的学习计划时，要同实际相联系，不能好高骛远。

2. 按照自己的预感去做。很多时候，在执行学习计划时会遭遇来自家人、同学、朋友等的干扰，这时不要被他们的看法所左右。

3. 越是艰难时刻，越要坚持。当学习计划不能按照预期进行下去时，一定要坚持住。你可以想一下计划执行成功后有什么意义，必要时也可以给自己一些奖励进行激励。

4. 化不利条件为有利。当你发现身边出现不利条件时，你可以开动脑筋，让这些原本不利的条件变为有利。比如说有人来找你玩，你可以请他帮你听写等。

在学习计划执行的过程中，即便是遭遇失败也不用气馁，因为一时失败并不等同于永远失败，一时达不到的目标也并不是永远达不到，你要做的，便是坚持、再坚持。

拒绝当总统的人

✳ **情商培养点：坚持自己的目标**

每个人都有属于自己的目标，在目标中包含着自己的信仰与追求。不管是谁，肯定都想让自己的目标成功实现，这时候，途径只有一个，那就是努力拼搏、坚持不懈，如此，目标才有可能实现。

爱因斯坦出生在德国一个贫穷的犹太人家庭中。他在小学、中学的时候成绩并不太好，但他很有自知之明，在对自己的情况进行分析后，他把自己的奋斗目标定在了物理学方面。

到了大学，爱因斯坦在物理方面的潜能得到了充分的发挥。26 岁那年，他发表了科研论文《分子尺度的新测定》，以后的几年里，他又先后发表了几篇在全世界很有影响的论文，发展了普朗克的量子概念，解释了光电效应，宣布了狭义相对论的建立和人类对宇宙认识的重大变革，取得了惊人的成绩。

1952 年 11 月 9 日，爱因斯坦的老朋友以色列首任总统魏茨曼逝世。在此前一天，就有以色列驻美国大使向爱因斯坦转达了以色列总理本·

古里安的信，正式提请爱因斯坦为以色列总统候选人。

当晚，爱因斯坦就接到了一位记者的来电，她询问爱因斯坦："听说您被提选为以色列共和国总统候选人，您会接受当总统吗？教授先生。"

"不会。"爱因斯坦毫不犹豫地回答，"我当不了总统，我不是那块料。"

"为什么这样说呢？教授先生，您是最伟大的犹太人。不，不，您是全世界最伟大的人。由您来担任以色列总统，象征犹太民族的伟大，是再合适不过了。"这位记者显然也是一名犹太人。

"不，我干不了。"爱因斯坦的回答依然很坚决。

放下电话不久，驻美国的以色列大使便打电话过来了："教授先生，我是奉以色列共和国总理本·古里安的指示，想问您一下，如果提名您当总统候选人，您愿意接受吗？"

"大使先生，"爱因斯坦平静地说，"关于自然，我了解一点儿，关于人，我几乎一点儿也不了解。我这样的人，怎么能担任总统呢？请您向报界解释一下，给我解解围。"大使进一步劝说："教授先生，已故总统魏茨曼也是教授。您能胜任的。""魏茨曼和我是不一样的。他能胜任，我不能。""教授先生，每一个以色列公民，全世界每一个犹太人，都在期待您呢！"

知识加油站

分子一词，在不同的领域具有不同的含义。从化学方面来讲，分子为物质组成的一种基本粒子的名称。从数学方面来讲，如果将分数看成除式的话，被除数也叫做分子。从文学方面来讲，分子是"成员"的意思，用来表示具有某种性质的人。

爱因斯坦的确被同胞们的好意感动了，但他没法放弃自己的目标，所以无论别人怎么劝说，他都委婉地拒绝了。

不久，爱因斯坦在报上发表声明，正式谢绝了出任以色列总统的提案。他还引用他自己的话说："方程对我更重要些，因为政治是为当前，而方程却是一种永恒的东西。"假如，当年爱因斯坦所定的目标选在天文学或其他方面，恐怕很难取得像在物理领域所取得的这样的辉煌成就。可见，爱因斯坦相当懂得捍卫自己的信仰与目标。

不放弃自己的人生目标

没有明确人生目标的人，是不可能获得成功的。虽然有明确目标的人不一定能成功，但是成功的人一定是有明确目标的人。树立了目标便要坚持，这样目标才有实现的可能。

1. 坚持目标需要坚定信念。具有信念的目标才是有效的，信念是目标得以实现的力量源泉。这种信念，指的就是自身对于实现目标所具有的信心。既包括相信自己，又包括相信自己身边的人、事、物。

2. 将目标写到纸上。大多数人都只是把目标埋藏在心底默默实行，认为没有必要将其写出来。其实，将目标写出来并将其放到显眼的位置是非常必要的，这样就可以时刻提醒自己，增强自己对实现目标的信念。而不是只将其变成一个记忆。

3. 懂得将价值放大。每天为了实现没有价值的目标而奔波，其实是一种煎熬，目标的实现也会变得更加艰难。这时候要求我们要改变一下看待目标的角度，比如同样是读书，不要认为其只是休闲娱乐，其实读书还能够充实知识储备、提高个人修养、增强个人社会竞争力等。当我们将目标背后的价值放大后，我们实现目标的动力便会更足，从而更加努力地去实现目标。

最后还要提醒男孩一句，如果目标最终没能实现，那有很大一部分原因是因为没有将个人目标建立好，所以，想要实现目标，也要先建立好目标才行。

实现儿时的梦想

✳ 情商培养点：执着地实施梦想

每个人都有过儿时的梦想，只是很多都在岁月的河滩上悄悄地搁浅了。或是因为自己的努力不够，梦想的种子仍深埋在意识的土壤里，难以发芽。

1809 年 2 月 12 日，英国生物学家达尔文出生在施鲁斯伯里。他的祖父与父亲都是当地名医，他们希望达尔文将来继承祖业，所以在达尔文 16 岁的时候，父亲便将他送到了爱丁堡大学学习医学。

但是达尔文自小便对大自然感兴趣，特别是喜欢采集矿物、动植物的标本。在进到医学院之后，他仍旧经常去野外采集标本。为此父亲认为他是"游手好闲""不务正业"，于是一怒之下，又将他送到了剑桥大学，改学

知识加油站

达尔文，英国生物学家、博物学家，生物进化论的奠基人。达尔文早期由地质学研究而闻名于世，后来他又提出科学证据，证明生物物种是由少数共同的祖先，经过长久的自然选择过程之后演化而成的。1859 年，达尔文出版了《物种起源》，震动了当时整个学术界。

神学，希望儿子将来能够成为一位"尊贵的牧师"。但是达尔文对于神学院的神创论等谬说感到非常厌烦，他仍旧将大部分的时间都用在了听自然科学讲座、自学自然科学书籍上面。

毕业之后，达尔文放弃了待遇优厚的牧师职业。他仍旧热衷于自己的梦想，继续进行自然科学研究，并且跟随英国政府组织的"贝格尔号"环球军舰进行了漫长而又艰苦的环球考察。

在进行考察的过程当中，达尔文根据物种的变化，一直在思考着一个问题：自然界中的万事万物到底是怎样产生的呢？它们彼此间有什么联系？为什么会千变万化？这些问题在他的脑海中变得越来越深刻，逐渐令他对神创论与物种不变论产生了怀疑。

达尔文的环球考察总共历时五年，在这五年中，达尔文积累了很丰富的资料。回国之后，他一边整理这些资料，一边又深入实践，同时还查阅了大量书籍，为他的生物进化理论寻找根据。1859年11月，达尔文在经过二十多年研究之后，写成的科学巨著《物种起源》终于面世了。达尔文在这部书里旗帜鲜明地提出了"进化论"的思想，第一次将生物学建立在完全科学的基础之上，以全新的生物进化思想，推翻了"神创论"和物种不变的理论，在欧洲乃至整个世界都引起了轰动。

一旦拥有了梦想，就一定要坚持下去，不要因为别人的意志而改变自己的梦想，放弃自己的权利。只有自己的梦想成真的时候，才会令自己的价值获得体现，才算是没有虚度自己的一生。

实现梦想"五步走"

男孩有了梦想才会有希望，有了希望才会有为之奋斗的激情和敢于拼搏的精神。无论是谁，只要为自己的梦想锲而不舍，就可能达到成功的彼岸。古往今来，许多成功人士都是凭着少年时期的梦想，才最终站到了人生的巅峰。男孩想要梦想成真，就要按照以下五步来进行。

1. 找到梦想。只有清楚自己的梦想是什么，才能进一步去执行，所以，想要实现梦想的第一步便是要找到属于自己的梦想。

2. 分析现状。了解了自己的梦想是什么之后，男孩还要清楚自己目前的状况。自己处于哪个阶段？自己周围的环境怎样？自己接下来应该做什么等。

3. 扫除障碍。像一些限制性信念、不良的习惯等都是阻碍你实现梦想的障碍，对于这些障碍，男孩需要将其驱逐掉，为自己大步向前扫清障碍。

4. 积累资源与能力。在前进的道路上，资源与能力是非常重要的。日常生活中，男孩要注意积累必要的资源，锻炼自己的能力，为自己实现梦想储备充足的动力。

5. 找准行动路径。当以上四步都完成之后，男孩接下来要做的，便是寻找到一条最合适的路径，并立即行动起来。

对于梦想实现的这五个必须步骤，男孩一定要牢记于心，同时认真执行，这样坚持下去，便会在实现梦想的道路上越走越稳。

提升自我肯定——自我肯定游戏训练

1. 游戏目标

帮助内向的人增强自我肯定感，让他们跳出已经适应的舒适圈，拓展自己的能力。

2. 规则简介

这个游戏总共需要 40 ~ 65 分钟。游戏参与者要选择一个特定情景进行角色扮演，以此来培养自己的自信心，直到自己感觉信心十足为止。如果有的人因缺乏自信而影响到整体效率的话，要从中选出两到三个影响最大的问题继续角色扮演，直到缺乏自信的游戏参与者感到自信为止。

3. 材料预备

无。

4. 游戏程序

活动内容	预计所需时间
对"自我肯定"进行讨论	10 ~ 15 分钟
选择特定的情景，列举障碍，寻找可能有效的解决方法	5 ~ 15 分钟
进行角色扮演	15 ~ 20 分钟
集体汇报讨论	10 ~ 15 分钟
共计	40 ~ 65 分钟

5. 特别说明

（1）组织者引导游戏参与者完成训练，帮助其发现需要改进的地方，并在角色扮演的过程中，对游戏参与者的不自信行为进行纠正。

（2）对自信进行讨论，并分析缺乏自信为什么会影响到学习和生活。

（3）最后在集体汇报讨论时，可以提问游戏参与者，问他能否做到更加自信？在完成训练的过程中，他的内心是否平和？通过训练，他获得了什么？以后，他是否还会按照训练中获得的启示做下去？

6. 游戏成效

通过"自我肯定游戏训练"，能够进一步令游戏参与者发现增强自己自信的方法，克服影响自信的障碍，并将提升自信的方法运用到学习、生活中。

第四章

我的思想我做主

——自立让你更强大

穆罕默德·甘地，一生在为非洲以及祖国印度争取民族独立与自由。他拥有自己的道德观，并严格遵守。他反对种姓与种族偏见，主张非暴力。他在社会领域中具有显赫的地位，是领导印度摆脱英国殖民统治的巨大力量。

情商专家巴昂认为："自立是指能够进行自我指导、能够控制自己的思想与行动，从而摆脱对他人的情感依赖。自立的人可以独立自主地进行规划及重要决策的制定。或许他们也会寻求、考虑他人的意见，之后做出最符合自己需求的决策……自立的人不会依靠他人来满足自己的情感需求。"

走好自己的每一步

❋ **情商培养点：走好自己选择的路**

英国作家托马斯·卡莱尔说："世界上最不幸的人要数那些说不清自己究竟想做什么的人。他们在这个世界上找不到适合他们干的事，简直无处容身。"要选择好我们人生的道路，首先要问问自己的意向，而不要让别人左右了自己的思想。

李宁出生于广西壮族自治区，他的父亲是一位小学老师，尤擅长音乐。在李宁很小的时候，父亲就发现李宁有唱歌的天赋，这令他很兴奋。在李宁五六岁的时候，父亲就教他练琴、唱歌，全身心地培养他，希望他在音乐方面有所造诣。

知识加油站

"新大陆"，是相对于旧大陆而言的。旧大陆是指在哥伦布发现新大陆之前，欧洲人眼中的世界，包括欧洲、亚洲和非洲。与此相区别，新大陆则主要指的是美洲大陆。

在李宁8岁那年，淘气的他爬上了学校的一个窗口。他顿时被里面的情景深深地吸引了——那是一间学校的体操教室，教室内体操队员们正在老师的带领下练习翻跟头。从此，李宁发现了自己的"新大陆"，他找到了自己的心灵归属。回到家里，他就把被子铺到地上，开始练起了翻跟头。

眼见在音乐上大有前途的儿子迷上了体操，父亲不免有些失落，但明事理的父亲尊重并支持儿子的选择，他把李宁送进了学校的体操队。

尽管李宁个子矮小，但是他灵气十足，是个天生的体操苗子。一年后，李宁就被选入广西体操队，在那里，他刻苦、认真地训练，他要求自己对每个基本动作都做得一丝不苟、准确到位。经过三年的刻苦训练，在一次全国少年体操锦标赛上，他获得了自由体操的第一名，并在体操界崭露头角。

从此，李宁为自己确定了更高的目标，训练也更刻苦了。李宁在体操的道路上一路拼搏着走过来，取得了令人瞩目的辉煌成绩。不负众望的他在整个运动生涯中一共获得 14 枚金牌，成为轰动世界体坛的东方"体操王子"。

一个人如果能够根据自己的意向独立去选择事业的目标，他的主动性将会得到充分发挥。即使会十分艰辛，也总是兴致勃勃，心情愉快；

即使在途中困难重重，也绝不会灰心丧气，而是认真地想办法，百折不挠地去克服它。

为自己寻找发展方向

我们从小在父母的羽翼下长大，享受着父母带给我们的那一份温馨，似乎一切都那么美好，那么无忧无虑。但我们最终会有离开家、离开父母独立生活的那一天。所以，男孩应该懂得如何为自己寻找发展方向，为了自己的理想去勇敢地面对生活。

具体来说，男孩为自己寻找发展方向要从下面三个方面做起。

1. 确定自己的兴趣爱好，选择自己希望发展的行业。毕竟，兴趣是最好的老师，做自己感兴趣的事情，才能让自己的付出更有乐趣，也更容易收获成功。

2. 对自己的能力进行评估。知道自己应该怎样去努力，到了哪个阶段应该做些什么事情，这样不仅可以让自己少走不少弯路，还可以用最短的时间完成给自己制订的任务。

3. 根据以上这两个方面，以自己的能力为基础，制订出符合自己实际的发展方向和学习计划。

别人施予你的东西终归不是自己的，生活要靠自己一点点奋斗，想要的东西要靠自己去争取。流了自己的汗水，干了想干的事情，你的人生就会快乐很多。所以，男孩要学会为自己做规划，走好自己的人生之路。

用脑子进行思考

❋ 情商培养点：学会独立思考

生活中，我们的脑袋不只是用来戴帽子的，而是用来思考的。你不能光依靠别人来做判断，而要用自己的脑子思考。我们不能徒劳地模仿别人，而是要有自己的想法，能够展示自己的独特个性。要学会强调自己的与众不同，懂得求同存异，坚持自己正确的与众不同，并且要把这种原则运用到生活中、学习上。

佛瑞迪 16 岁时，在暑假将临的时候，他对爸爸说："爸爸，我不要整个夏天都向你伸手要钱，我要找个工作。"

父亲从震惊中恢复过来之后对佛瑞迪说："好啊，佛瑞迪，我会想办法给你找个工作，但是恐怕不容易，现在正是人浮于事的时候。"

"你没有弄清我的意思，我并不是要您给我找个工作，我要自己来找。还有，请不要那么消极。虽然现在人浮于事，但我还是可以找到工作的。有些人总是可以找到工作的。"

"哪些人？"父亲带着疑惑问。

"那些会动脑筋的人。"儿子回答说。佛瑞迪在"事求人"广告栏上仔细寻找，找到了一个很适合他专长的工作。广告上说找工作的人要在第二天早上 8 点钟到达 42 街一个地方，佛瑞迪并没有等到 8 点钟，而在 7 点零 4 分就到了那里。可他看到已有 20 个男孩排在他前面了，他只是队伍中的第 21 名。

怎样才能引起老板的注意从而脱颖而出呢？这是他的问题，他应该怎样处理这个问题呢？正如佛瑞迪之前所说，只有一件事可做——动脑筋思考。因此他进入了那最令人痛苦也是令人快乐的程序——思考，在真正思考的时候，总是会想出办法的，佛瑞迪就想出了一个办法。他拿出一张纸，在上面写了一些东西，然后折得整整齐齐，走向秘书小姐，恭敬地对她说："小姐，请你马上把这张纸条转交给你的老板，这非常重要。"

秘书小姐很有经验，如果对方是个普通的男孩，她就会说："算了吧，小伙子。你回到队伍的第21个位子上等吧。"但是她面前的这个男孩不是普通的男孩，她直觉感到，他身上散发出一种自信的气质。于是她把纸条收下了。

"好啊！"她说，"让我来看看这张纸条。"她

知识加油站

弗洛伊德，著名奥地利心理学家，精神分析学的创始人，他所创立的学派被称为"维也纳第一精神分析学派"，以同后来由其演变而出的第二、第三学派相区分。

看了不禁笑了起来。她立刻站起来，走进老板的办公室，把纸条放在老板的桌上。老板看了也大声笑了起来，因为纸条上写着："先生，我排在队伍的第21位，在你没有看到我之前，请不要做决定。"

他是不是得到了工作？当然了，因为他很早就学会了思考。一个会思考的男孩总能够解决问题。处于第21个的位置，是没有什么优势可言的，但是思考的结果却使它战胜了占据有利地位的对手。

著名心理学家弗洛伊德说："冷静思考的能力，是一切智慧的开端，是一切良知的源泉。"一切伟大而有成就的人往往喜欢思考，对自己存有疑虑的问题决不盲从权威，而是进行深入的思考和研究，直至得到一个满意和令人信服的答案。

学会自我思考有高招

逻辑能力和思维能力一直都为人们所看重。如果大脑不能够将大量的资源分配给逻辑能力，你便不能从许多或大或小的判断以及选择当中解脱出来，那么这些资源也就无法为你所用。想要学会自我思考，需要做到以下三点。

1. 打破习惯性思维。男孩想要学会自我思考，就要懂得不因循守旧。比如老师给你布置了过去从没见过的新题目，也许你见到题目后的第一反应会是：我该怎么办才好？但是如果打破惯性思维，换个角度来看，这不正是锻炼自己的大好机会吗。

2. 结束程式化的生活。每天 7 点钟起床，8 点钟上课，吃同样的食物，用相同的方式做功课，这种程式化的学习与生活往往会令人产生厌倦的情绪。想要进行独立思考，便要跳出自己已经习惯的圈子。

3. 从质疑开始做起。真理往往掌握在少数人手里。男孩可以试着养成本能地进行质疑的习惯，不要被所谓的大人物吓倒，当自己有勇气说出内心真正的想法时，便有了不小的进步。

对于一个男孩来讲，没有什么比思考时更有魅力，没有什么比思考的收益更大了。一个经常处于燃烧状态中的大脑，要比思想冷却的大脑更有能量。善于思考的大脑，就好比是一个熔炉，熔入点点辛苦，炼出颗颗黄金。

真理不辩不明

❀ 情商培养点：不盲从别人的观点

自立的人能够控制自己的思想，并且在认为应该坚持自己观点的时刻，能够不受他人的影响。自立的人很有勇气，能够大胆地将自己的观点表达出来，哪怕自己这种观点同大多数人的观点相悖。

古希腊著名哲学家亚里士多德出生在富裕家庭，从小就受到贵族生活的熏陶。他的言谈举止温文尔雅，接人待物礼貌周全，上学时穿着华丽光鲜的衣服。

亚里士多德的老师柏拉图对这些很反感，他对亚里士多德说："一个追求真理的青年人不应该过分地打扮自己。"

亚里士多德回复老师说："糟糕的服饰不能给自己良好的心情。"

柏拉图听后觉得有些道理，也就不再责备他了。

柏拉图是一个非常重视数学的人，他认为数学能把人的心灵带向真理，并且还能把人的思想境界提高到哲学的高度。于是，他在学院大门上刻着一行大字："不懂几何者不得入内。"同学们都知道这个观点是老师提出来的，就经常跟随老师一起高喊这个口号。但是，亚

知识加油站

形式逻辑学是指从思维的形式结构方面对思维规律进行研究的科学。形式逻辑学总结了人类思维的经验教训，以保持思维的确定性为核心，通过一系列的规则和方法来帮助人们正确地思考问题、表达思想。

里士多德却不赞同老师的这个观点。对此，他们师生二人常常产生摩擦。此外，在很多学术问题上，亚里士多德又经常坚持自己的见解，在与其他同学讨论过程中不时批驳柏拉图的理论。他在学院里还经常与柏拉图当面争论，甚至有时候把柏拉图问得都答不上来。

一些同学认为，亚里士多德竟敢让老师下不了台，太伤老师的面子了。于是，他们就对亚里士多德非常不满。有一次大家责备他不尊重老师，亚里士多德却不买账，他认为自己与老师争辩没有错，他对责备他的同学说："我爱老师，但我更爱真理。"亚里士多德坚持己见，丝毫不肯认错，其他同学也无可奈何。

有人把这件事告诉了柏拉图，想知道他的看法。柏拉图淡然一笑说："我的学院可分成两部分：一般学生构成它的躯体，亚里士多德构成它的头脑。"其实，柏拉图压根儿就没有因为亚里士多德敢与自己争辩而厌弃他。从这句话中，就可以知道柏拉图对亚里士多德的评价了。

亚里士多德最终成为了大哲学家，被人誉为"哲学之王"。他所创立的形式逻辑学，对后来的科学产生了深远的影响。他说过的"贫穷

是罪恶的母亲""忽视教育的国家必然要灭亡"等许多话今天仍然被人当做名言。而他取得这些成就的重要原因，便是因为善于思考、敢于争辩、敢于坚持自己的观点。

做辩论中的赢家

真理是不辩不明的。男孩在生活中，要学会独立思考，善于发现问题，敢于与人进行争论，不要担心这样会有损于别人的尊严和声誉，因为真正能够坚持自己的观点，并最终令人同意自己的观点，反而会让他人对自己刮目相看。当然，辩论也是需要掌握技巧的。男孩熟记以下这四点，一定能够让自己在辩论当中更加主动。

1. 事先掌握充足的材料。你掌握的相关信息越多，就越有可能令对方信服你。

2. 尽可能多地倾听对手的言论，不要去担心自己没有说话的机会。对手讲得越多，出现的漏洞也就更多。这有利于你找到对手的弱点进行攻破。

3. 不要让情绪左右自己，更不要随意流露自己的情绪。你的沮丧、自我防卫或者胆怯会令对手认为你很懦弱，那样的话你就前功尽弃了。

4. 适合向对手发起进攻。不能随意流露自己的情绪并不等于你不能发起进攻。一旦时机成熟，就尽管放手去进攻吧，这时，你的霸气便会令人肃然起敬。

最后，还要提醒男孩一句，如果你确实不会与人争辩的话，千万不要逞能，最好的方法就是不去争辩。

靠自己改变命运

※ **情商培养点：按自己的想法做事**

　　男孩成长中的基本目标之一就是培养自理、自立的能力。人一定要有自己的想法和见解，做事没有主见的人，不仅自己解决问题有困难，在与人合作的时候还会影响整个团队的力量发挥。如果认定自己的想法是对的，就一定要将其坚持到底，哪怕再多的反对，都不要受到他们想法和情感的影响。

　　李超来自一个贫困的农村家庭，和很多贫困生一样，他从上中学的第一天起，就开始为如何筹集学杂费而发愁，但这并没有阻挡他继续求学的脚步。

　　为了给在农村耕种薄田的父母减轻负担，他入学之时就申请了助学贷款，但是为数不多的助学

知识加油站

　　勤工俭学，是指在学校一边求学读书，一边工作、劳动的一种行为。参加勤工俭学的学生大都是家境相对差一些的学生，他们为了缓解家庭的经济压力，自觉找兼职来维持生活。

贷款仅仅让他不再为学费发愁而已，生活费和书费还是个大问题。

　　于是，他下定决心自己去挣钱。班主任了解到他的情况后，给他提供了一个勤工俭学的机会——打扫教室。

从此，每天早晨 5 点，李超就准时起床，拎着扫帚和拖把去教室干活了。

在打扫教室的过程中，李超找到了另一个"创收"的机会。很多同学平时爱喝饮料，而且总是把饮料瓶扔在课桌的抽屉里，于是他就把这些饮料瓶收集起来，卖给废品站。

从不向困难低头的李超，为了省下一元钱，回家时，他总是从学校走十多里的路，返校时，同样是步行回到学校。他平时的生活费标准也是低得不能再低了。在这个很多学生不知节俭为何物的时代，他每天的饭费仅仅是几毛钱。看到有的同学把没吃几口的馒头胡乱扔在饭桌上，他总是大大方方地把它装进口袋，当做下一顿的主食。

虽然在捡饮料瓶、捡别人吃剩的馒头时，他遭遇过别人嘲笑的眼神和讽刺的话语，但是，这个坚强的男孩却并没有为世俗的眼光所压倒，他仍旧坚强、快乐地做着这一切。

在学校里，李超没有接受任何形式的同情与怜悯，他捡拾别的同学吃剩的馒头也从来不会背着别人进行，而是用微笑面对所有的同学。他身边的同学看到李超所做的一切，都不由得对这个坚强的男孩生出一分敬意来。

李超用自己的双肩担起了自己的生活。三年后，当再次迎来秋风的时候，李超带着他的乐观与坚强，进入了一所重点高中就读，开始了他的高中生涯。

李超艰难的求学之路就是自强不息之路，就是靠坚定的意志和坚强的决心闯出来的路。可见坚定的意志能够使人有所成就。越是艰苦的环境，越能显示出自强自立的重要性。这种自强自立不仅体现在行动上，更体现在心灵上。男孩就需要有那种坚强的决心和韧性，这样才能经得起挫折，才能走向成功的彼岸。

成为具有"自立"精神的人

你能独立思考问题吗？你能独立设计自己的人生吗？你能独立查找学习资料吗？你能独立完成作业吗？你能独立对事情做决断吗？如果你能，恭喜你，你已经具备了成功者的基本素质，因为你是一个具有"自立"精神的人。

男孩培养"自立"精神要从小事做起，具体来讲，可以尝试以下这些方法。

1. 试着给自己制订一个计划。比如给自己制订一个学习计划，这样能够确立你的学习目标，让自己懂得为了实现这个目标要做些什么，最后再按部就班地去做，并根据实际效果，来对自己所定步骤内的错误进行纠正。在这个过程当中，男孩能够培养自己独立思考问题的能力。

2. 遇到问题的时候，先不要去征求别人的建议或是请求别人的帮助，静下心来，自己先想一想，要怎么去做、怎么处理，然后尝试着自己解决问题。

3. 为自己树立一个榜样，然后向他学习。比如你可以先找到一个你认为处事比较自立的人，仔细观察他在处理问题时是怎样做的，并多与其进行接触、交流，从而提高自己。当然，这并不等于让你全盘接受对方的做法，如果发现对方的做法有问题，并且相信自己能够处理好的话，便不要怀疑自己。

男孩们，不要小看上面这些小事，小事积累起来，便能够成为大事。假如这些事情你都能够做好的话，那么，你离自立便真的不远了。

男孩就要有主见

❋ 情商培养点：拒绝犹豫不决

独立性强的孩子，一般都很有主见。而没有主见的孩子，做事的时候老是会不知所措，犹豫不决，没有灵活的应变能力、缺乏独立性。

在生活中，男孩必须能够进行独立思考、善于作出抉择，不要总是犹豫不决、拿不定主意，而要勇敢地驾驭自己的命运，掌控自己的情感，做自己的主宰，做命运的主人。

华裔电脑名人王安博士，说影响他一生的最大教训，发生在他6岁的时候。

有一天，王安外出玩耍。经过一棵大树时，突然有什么东西掉在他的头上。他伸手一抓，原来是个鸟巢。他怕鸟粪弄脏了衣服，于是赶紧用手拨开。

知识加油站

王安，1920年2月7日生于江苏昆山。1940年在上海交通大学获理科学士学位，并留校担任电机工程助教。后来，他留学美国，获哈佛大学物理学博士学位。他的大部分时间都用来研究计算机问题，并创办了王安电脑公司。

鸟巢掉在了地上，从里面滚出了一只嗷嗷待哺的小麻雀。他很喜欢它，决定把它带回去喂养，于是连鸟巢一起带回了家。

王安刚走到家门口，忽然想起妈妈不允许他在家里养小动物，于是他开始犹豫不决起来，自己真想带着小麻雀去恳求妈妈收留它，但是这样又不知道好不好。是先将小麻雀放在门后呢？还是直接带着它去见妈妈呢？思来想去、犹豫了半天，他还是没有直接带着小麻雀去见妈妈，而是不情愿地把它放在了门后，自己匆忙走进室内，请求妈妈的允许。

　　在他的苦苦哀求下，妈妈破例答应了他的请求。王安兴奋地跑到门后，不料，小麻雀已经不见了。一只黑猫正在那里意犹未尽地舔着自己的嘴巴。王安为此伤心了好久。

　　这件事给了王安终身有益的教训，他由此得出一个结论：只要自己认为对的事情，绝不能优柔寡断、犹豫不决，必须马上付诸行动。没有主见、不能及时做决定的人，固然没有做错事的机会，但也失去了成功的机会。

　　犹豫不决的人，其性格往往是在成长的过程中慢慢形成的。如果想要让自己自信、勇敢起来，便要从小培养自己的独立特性。遇事就自己拿主意，一点一点地锻炼自己，让自己逐渐变得独立、有主见起来。

让自己有主见的小窍门

　　独立自主对一个人的发展具有非常重要的意义。具备这种良好品质的人有较强的责任心，能独立、勇敢地面对问题，因此他们一般具有较强的社会适应能力和心理承受能力。

　　有主见的男孩，可以做自己命运的舵手。

　　男孩们，遇事，要勇于自己拿主意，只有这样，才能培养自身的主见性。其实，让自己变得更有主见，那也是有小窍门可循的。下面就给男孩们介绍一下。

　　首先，男孩要学会正确认识自己，每个人都有自己独特的性格，人与人之间的性格差异也很大。正确认识自己的男孩能够了解自己性格中的优势和不足，从而学会扬长避短，使自己变得自信起来。

其次，当拥有了自信后，男孩还要学会广泛交友。朋友之间能进行推心置腹地交谈，这能够给你一种安全感，能够让你大胆地说出心中的话，让自己得到锻炼，逐渐敢于表达自己的意见和见解。

善于驾驭自己命运的男孩，是最幸福的男孩。只有摆脱了依赖，抛弃了拐杖，充满自信，能够自主的男孩，才能走向成功。所以男孩必须要学会自立，拥有自己的主见，学会适应自然和社会的变化，从而更好地生存。

摆脱控制——自立游戏训练

1. 游戏目标

带领游戏参与者探讨没能独立自主行动的原因，帮助他们建立独立自主行动的意识。

2. 规则简介

这个游戏总共需要25～45分钟。游戏参与者先要确定什么是"自立"，并分别讨论自立容易与难以实现的情况。根据自己的实际情况，确定在现实中表现得更加自立的方法，并将这些方法付诸实践。

3. 材料预备

活页挂图、记号笔。

4. 游戏程序

活动内容	预计所需时间
对"自立"主题进行讨论	10～15分钟
审视自己的现实情况	5～15分钟
完成训练内容	7～10分钟
集体汇报讨论	3～5分钟
共计	25～45分钟

5. 特别说明

（1）组织者引导游戏参与者讨论关于"自立"的主题，就"自立"所具有的特质向其进行提问，并将答案写在活页挂图上。

（2）就什么时候容易做到自立对游戏参与者进行提问，并对他们的想法进行记录。

（3）就什么时候难以做到自立对游戏参与者进行提问，并对他们的想法进行记录。

（4）引导游戏参与者们结合自身现实进行思考，看自己的学习、生活中存在的相关问题是什么，并对他们进行提醒，提示其"自立"和"反叛"并不是同义词。引领他们思考"自立"会对学习、生活产生什么样的影响。

（5）要求游戏参与者们思考，是哪些行为令他们在现实当中表现得更加自立。今后自己要进行怎样的锻炼，才能让自己更加主动、自主和自制。鼓励大家互相分享经验。

（6）让游戏参与者两人一组，模拟情景对自立进行实践。

（7）进行汇报总结：集体对各个小组是怎样开展情景训练活动的进行讨论，并让他们进行思考，看他们愿意通过什么样的行动来提升自立能力。

6. 游戏成效

通过"自立游戏训练"，帮助游戏参与者深刻认识缺乏自立对自身的不利影响。表现自立行为带来的满足感与舒适感。帮助游戏参与者学会实现自立。

第五章

让生活充满激情

——开发自己的潜能

　　医学与哲学博士维克多·弗兰克，是一位充满灵感的精神病学家。他曾经被囚禁在波兰奥斯维辛集中营和其他集中营中。正是在长达3年的囚徒生涯中，他开始研究引导我们成为"人"的因素到底是什么，令自己的潜能得到了开发。直至今日，他研究出来的理念仍为全世界所传诵。

　　情商专家巴昂曾经这样说过："自我实现是一个过程。在这个过程当中，人们追求实现自己潜在的能力、才能以及天资。"心理学家马斯洛则强调："个体只有在充分发挥潜能的时候，才会具有满足感。"

勇于开发自己的潜能

※ 情商培养点：下决心激发潜能

法国哲学家拉美特里说："大海越是布满暗礁，越是以险恶出名，我越觉得通过重重危难寻求不朽是一件赏心乐事。"成功者在做事之前，往往都是怀着一种一往无前、志在必得的心态去挑战自我的，这正是他们迈向成功的动力源泉。缺乏这种心态的人往往忙碌一生也难成大事，只有拥有这种心态的人，才能充分挖掘自己的潜能，才能实现自我、造就辉煌的成就。

当年，拿破仑统帅大军征战，想通过圣伯纳德关隘翻越阿尔卑斯山。当他来到关隘时，询问从前方探路回来的士兵："大部队能不能穿过那条小路？"

"也许能，在可能的范围之内。"士兵吞吞吐吐地回答，同时描述了种种不可逾越的困难。

"那么就前进！"拿破仑全然不听士兵所说的困难。

知识加油站

拿破仑·波拿巴，法兰西第一帝国皇帝，是一位卓越的军事天才。在他执政期间，法兰西多次对外扩张，创造了一系列军事奇迹，形成了庞大的帝国体系。1815 年，拿破仑在滑铁卢之战中失败，后被流放到圣赫勒拿岛，1821 年病逝。

英国人和奥地利人对拿破仑的军队要翻过阿尔卑斯山的想法嗤之以鼻，他们的理由是：这个关口"没有车轮从那里碾过，也不可能从那里碾过"。更何况拿破仑率领的是一支 6 万人的军队，而且还带着笨重的大炮，成吨的弹药、军需品等。

当拿破仑完成了这项不可想象的壮举之后，人们才意识到其实这项壮举在很久以前就可以完成。那时将军们总是借口说这些困难是不可逾越的，而不去克服。实际上，他们是被自己夸大的困难给吓倒了。还有许多人虽然有充足的补给、顽强的战斗力和必需的装备，却唯独缺乏像拿破仑那样的决心和气魄。

拿破仑发动一场战役只需要两周的准备时间，而换成别人则需要一年。之所以会有这样的差别，正是因为拿破仑有无与伦比的激情。战败的奥地利人在目瞪口呆之余，也不得不佩服这些跨越了阿尔卑斯山的对手："他们不是人，是会飞行的动物。"

拿破仑第一次远征意大利，只用了 1 天时间就打了 6 场胜仗，缴获了 21 面军旗，俘虏 1000 人，并占领了皮德蒙德。

拿破仑取得辉煌的胜利后，一位奥地利将领愤愤地说："这个年轻的指挥官对战争艺术简直一窍不通，用兵完全不合兵法，他什么都做得出来。"但拿破仑的士兵也正是以一种根本不知道失败为何物的热情跟随着他们的长官，从一个胜利走向另一个胜利。

男孩培养决心的方法

对于男孩来说，做事有决心是非常重要的。在必要的时候，能够下定决心做事，无论遇到什么困难都不气馁，这样才能激发自己的潜能，实现自己的目标。想要培养自己的决心，男孩要从下面这四点做起。

1. 热爱生活，正视困难。结合自身条件，发挥特长，应对困难。

2. 树立信心。胆怯退缩的人往往是缺乏决心的人，他们对自己是否有能力完成某些事情表示怀疑，结果可能会由于心理紧张、拘谨使得原本可以做好的事情弄糟了。

3. 做充分的准备。做什么事情前，都要做好充分的准备，这样才不至于手忙脚乱。

4. 总结失败的经验教训。男孩切记要客观总结失败的原因，减少自己的心理负担，为下次的成功打下坚实的基础。

对未来有所抱负的男孩，爆发出你火一样的激情吧！只有这样，你才能调动起全身的每一个细胞、每一根神经，把全部的身心投入到自己渴望的奋斗中去，以最快的速度实现目标，让旁观者瞠目结舌。

具备敢想敢做的胆识

❋ 情商培养点：敢想敢做激发正能量

德国哲学家谢林曾经说过："一个人如果能意识到自己是什么样的人，那么，他很快就会知道自己应该成为什么样的人。"所以我们一旦有了想法，便一定要勇敢去做，这样才能做出创新的举动。

汤尼得知自己入选巴西最有名气的足球队的时候，紧张得一晚上都没有睡着。他翻来覆去地想：那些著名的球星一定会笑话我的。万一我踢不好，怎么办，到时候我还有什么脸去见家人和朋友呢？

有时候他又胡思乱想：即使能与那些著名的球星一起踢球，也不过是给他们当个陪衬而已。

一种前所未有的恐惧使汤尼寝食难安，他缺乏自信，明明自己是同龄人中的佼佼者，但是紧张和自卑使他不敢接受渴望已久的现实。

但汤尼最终还是来到了足球队里，当正式练球开始的时候，汤尼害怕得几乎快要瘫痪了。他以为刚上场不过是让他练练传球，然后当板凳球员，但是他没有想到，刚一开场，教练就让他上场，而且是踢主力中锋，汤尼紧张得半天没有回过神来。

就这样，汤尼被逼着上了场。当他上场后，便不顾一切地奔跑了起来，他渐渐地忘记了是在跟谁踢球，甚至连自己的存在都忘记了，只是习惯性地接球、传球。在训练结束的时候，他已经完全忘记了是在跟许多著名的球星在踢球了。

大师如是说

只要敢想敢做，生活会将期待给你拿来。

——法国作家
雨果

后来，当他得知，那些让他深感畏惧的球星们，其实没有一个人轻视他，而且对他独特的球技还非常佩服时，汤尼的内心才稍稍平静了一些，再也不用受那么痛苦的精神煎熬了。

如果汤尼到了球场上还是那样紧张，以至于畏首畏尾，可能他就真会被那些著名的球星们瞧不起了，因为他的能力一点儿都没有发挥出来。正因为他上场后，便全身心投入，发挥出了自己的潜能，才能让大家都对他刮目相看，才为自己赢得了尊重。

情商训练营

让想法转化为现实

奇思异想，往往会石破天惊，创造出令人意想不到的成就。其实，世界为每个人都提供了契机，只是我们中间的绝大多数人不敢去想、不敢去做而已！男孩想让自己成功，便要学会将自己的想法变成现实。具体方法有以下几种。

1. 让自己的想法循序渐进地实施。将自己的想法和某个已有的计划或是行动结合起来，这样实施起来会更加容易。

2. 将自己的想法融入到他人的想法当中。这样可以令实现想法的力量变得更加强大。

3. 提前令自己获得支持者。在自己的想法真正实施之前，可以提前将其告诉你的朋友或家人，以获得更多的支持，令想法实施起来更加顺利。

许多人都认为，能否获得机会，主要是看运气的好坏。但运气对于任何人都是一视同仁的，也就是说，所有人"交好运"的可能性一样多，在机会面前人人平等。关键在于有的人把握住了，有的人却没有把握住。所以，男孩要从现在开始把握机会，把你的奇思妙想付诸行动！

试着培养你的"野心"

※ 情商培养点：让"野心"逐步"得逞"

"野心"是培养男孩创新能力的催化剂，它时刻"鼓动"着男孩将自身潜能发挥出来。成功的含义对每个男孩来说可能不同，但是，无论你怎样看待成功，你必须有"野心"，想得远才能走得远，没有想法的人只能在原地踏步。

斯帕奇在学校里的日子是非常糟糕的：他读小学时各门功课常常亮红灯，考试很少有及格的时候。到了中学，他的物理成绩通常是零分，学校有史以来物理成绩最糟糕的学生非他莫属了。

而且斯帕奇在拉丁语、代数及英语等科目上的表现同样糟糕，即便是体育，他的成绩也是一塌糊涂。虽然他参加了学校的高尔夫球队，但在赛季唯一的一次重要比赛中，因为他，他所在的球队输得很惨。即使在随后的安慰赛中，他的表现也是一塌糊涂。

在他的整个求学生涯中，他从来都是笨嘴拙舌，社交场合根本见不到他的踪影。在同学们眼里，他就跟不存在似的。如果有哪位同学在校外主动向他问候一声，他会感到受宠若惊。

在别人眼里斯帕奇或许是一个彻彻底

底的失败者，每个认识他的人都知道他的情况，他本人也清楚，然而他对自己的表现似乎并不放在心上。从小到大，在他的眼里，他只在乎一件事情——画画。他深信自己拥有不凡的画画才能，并为自己的作品感到骄傲。但是，除了他本人以外，他的那些涂鸦之作从来没有其他人看上眼。上中学时，他曾经向某刊物的编辑提交了几幅漫画，但结果是一幅也没有被采用。尽管有多次被退稿的痛苦经历，但斯帕奇从未对自己的画画才能失去信心，他依然坚持画画，并下定决心成为一名职业漫画家。

在中学毕业那年，斯帕奇给当时的沃尔特·迪斯尼公司写了一封自荐信。该公司让他把自己的漫画作品寄来看看，同时规定了漫画的主题，于是，斯帕奇开始第一次为自己的前途奋斗。他投入了大量的精力和时间，以一丝不苟的态度完成了漫画作品。然而，漫画作品寄出后却石沉大海，最终迪斯尼公司没有采用他的作品，他的首次求职失败了。

生活对斯帕奇来说只有黑夜，没有阳光。在走投无路之际，他尝试着用画笔来描述自己平淡无奇的人生经历。他以漫画语言描述了自己灰暗的童年、不争气的少年时光——一个学业糟糕的学生、一个屡遭退稿的所谓艺术家、一个没人注意的失败者。他的画融入了自己多年来对画画的执着追求和对生活的真实体验。

连他自己都没有想到，他在黑暗的生活中所塑造的漫画角色一炮走红，受到了无数人的喜爱，他的连环漫画《花生》也很快就风靡全世界。在他笔下走出了一个叫查理·布朗的小男孩，也是一个失败者：他的风筝从来都没有飞起过，他也从来没有踢好过一场足球，他的朋友都叫他"木头脑袋"。

了解斯帕奇的人都知道，这正是漫画作者本人——日后成为世界著名漫画家的查尔斯·舒尔茨早年平庸生活的写照。查尔斯·舒尔茨成功了，而在此之前他却是一个典型的失败者，一无是处，只有"野心"。但是让失败有了价值的不是别的，正是坚持自己的"野心"。

培养自己的"野心"

"野心"其实就是男孩的理想，它反映了男孩对美好未来的向往和追求，揭示了男孩的奋斗目标，是男孩力量的源泉，是男孩的精神支柱。一个男孩如果没有理想，就会失去精神动力，他也不可能成为高素质的优秀人才。男孩想要培养自己的"野心"，以下这三点是一定要做到的。

1. 要具有较为强烈的成功欲望。通常人们都讲究知足常乐，所以男孩想要让自己有"野心"的话，最重要的便是要有比常人强烈的成功欲望。

2. 要具有非常明确的个人准则。比如清楚自己的目标是什么，自己为人处世的一贯态度是怎样的，对于发生在自己身上的事情具有什么样的底线，同时还要清楚自己该做什么，不该做什么。

3. 要有足够的魅力，让别人愿意同自己合作。对于想要获得成功的男孩来说，一定要具有获得别人帮助的能力。因为想要成功，不能仅仅靠自己，个人的力量实在太微弱，只有获得他人的帮助，才能以团队的力量加速走向成功。

树立自己的"野心"，看清自己，给自己定位，设定目标，规划理想，你终将一步一步地走向成功。一个男孩若想获得巨大的成功，就必须具备"野心"。"野心"是你成功的动力，美好的愿望吸引你为实现它而努力。

不要让恐惧阻碍前行

❋ 情商培养点：勇敢打破心理恐惧

很多人感觉不到别人对自己的赏识，感觉不到友情的美好，感觉不到家庭生活的欢乐。他们一直都在为自己可能面对的失败、身边潜在的危险而感到焦虑。其实，这种负面心理都是很不可取的。当你遇到害怕的事情，只要敢于去尝试，也许就能发现，这并没有想象中的那么困难。而且在尝试的过程中，自己一些新的能力也被开发了出来。

有位做推销的男孩因为常被客户拒之门外，慢慢患上了"敲门恐惧症"。他去请教一位大师，大师弄清他的恐惧原因后，便说："假如你现在站在即将拜访的客户门外，然后我向你提几个问题。"

男孩说："请大师问吧！"

大师问："请问，你现在位于何处？"

男孩说："我正站在客户家门外。"

大师问："那么，你想到哪里去呢？"

男孩答："我想进入客户的家中。"

大师问："当你进入客户的家之后，你想想，最坏的情况会是怎样的？"

男孩答："大概是被客户赶出来。"

大师问："被赶出来后，你又会站在哪里呢？"

男孩答："就——还是站在客户家的门外啊！"

大师说："很好，那不就是你此刻所站的位置吗？最坏的结果，不过是回到原处，又有什么好恐惧的呢？"

男孩听了大师的话，惊喜地发现，原来敲门根本不像他所想象的那么可怕。从这以后，当他来到客户门口时，再也不害怕了。他对自己说："让我再试试，说不定还能获得成功，即使不成功，也不要紧，我还能从中获得一次宝贵的经验。最坏的结果就是回到原处，对我没有任何损失。"这位男孩终于战胜了"敲门恐惧症"。由于克服了恐惧，他当年的销售成绩十分突出，被评为全行业的"优秀推销员"。

作家卡尔·蒙尼格在他的著作《反对自己的人》中写道："现代人陷入了一种群体性的恐惧中，仿佛害怕自己变得成熟，害怕自己取得成就。灵魂承受着恐惧和负罪感的折磨，就是为了让自己失败！"有时候，我们做事情之所以不成功，都是因为内心的恐惧阻碍了能

大师如是说

我们必须有恒心，尤其要有自信！我们必须相信我们的天赋是要用来做某种事情的，无论代价多么大，这种事情必须做到。

——法国物理学家
居里夫人

力的发挥。因此，想要将自己的潜力充分挖掘出来，一定要勇敢打破心理恐惧，全身心地投入到做事当中。

情商训练营

战胜恐惧有妙招

人身上的潜能是无穷无尽的，但为什么绝大部分却处于休眠状态？这主要是由于受到心理上无形障碍的影响。假如你想充分发挥你自己身上的潜能，想知道自己能胜任什么事，那就从现在开始，把你身上的无形障碍，也就是你害怕做的事，一项一项排队，写在本上，并由易到难订个跨越计划。然后从最容易完成的那个跨越计划做起，直到不惧怕为止。

这样每完成一项，你就跨越一个心理障碍，解去一根捆绑自己心灵

的绳索，消除一次"我从未做过"的念头，擦去一个"我不敢做"的想法。

在此还要提醒一下男孩们，正常的恐惧和病态的恐惧之间是有一定区别的。对两者之间的区别，弗洛伊德给出了一个绝妙的解说：一个人置身于非洲丛林，看见蛇会感到恐惧，这是很正常的事，这种恐惧感有利于保护自己。但如果一个人居住在房间里也感到恐惧，以为在他的房间里有一条蛇正藏在地毯下面，那么，这种恐惧就是病态的、不正常的。如果出现了病态的恐惧，一定要及时去看心理医生，让自己早日健康起来。

多问几个为什么

❋ 情商培养点：培养好奇心

爱动脑筋是件好事。常常动脑筋能锻炼你的思维能力，能让你发现一些别人没有发现的事情，有利于开发自己的潜在能力。人们常说"刀不磨要生锈"，实际上人的脑子不"磨"也是会"生锈"的。我们平时对周围的事物已经习惯了，感觉到没什么特别之处。实际上，我们周围的环境中，到处都隐藏着秘密，有的秘密已经被人发现，还有些秘密到现在都没人发现，等着你有一天去发现它。

李四光小时候常在一块空地上和小伙伴们一同玩捉迷藏的游戏。大家有的藏在草垛后，有的藏在大树后，而李四光最喜欢藏在一块大石头后。

这块大石头突兀地屹立在这儿，显得和周围环境十分不相称。它从李四光记事起就一直立在这里，也不知道在这里待了多久。于是，他问小伙伴们这石头是从哪来的。小伙伴们有的说本来就在这，有的说是从天上掉下来的。

这下子，李四光不明白了，于是，他跑去问爸爸："爸爸，大家说那块石头是天上掉下来的，您说，那能是真的吗？"

"天上掉下石头来？"父亲想了一想说，"那倒也会有的。天上的流星落到地上，就变成了石头，那叫'陨石'。"

李四光，著名的科学家、地质学家、教育家和社会活动家。李四光是中国现代地球科学与地质工作的奠基人之一和主要领导人。

"那块石头究竟是不是天上掉下来的呢？"李四光非得打破砂锅问到底。

"至于天上能不能掉下这么大的石头来。"父亲又想了一想说，"我也不知道。"

"谁都说不清楚。"李四光感到不满足了，"反正，照我看，它不是本来就在这儿的。就是弄不清它到底是怎么来的。"

后来，李四光长大后成了地质学家，并且研究起了冰川。他第一次发现了中国第四纪冰川存在的遗迹。这时，李四光想到了那块突兀的大石头。后来经过研究证实，这块大石头正是被冰川推移过来的一块大漂砾。

保持一颗时时刻刻都要问为什么的心以及探究身边事物奥秘的精神，你就是一个爱动脑筋的人。如果能常常这样，你的思维能力自然会大有提高。

情商训练营

好奇心是这样培养的

针对一件平常的物品提出一个问题，是一个让男孩开动脑筋的好办法。在我们的生活中，每一件事物都隐藏着很多秘密，比如自来水的味道为什么和矿泉水有点不一样？是自来水里加了什么东西还是矿泉水里加了什么东西？这样一说，是不是觉得身边到处都是问题？男孩从现在开始，培养自己的好奇心吧。下面给男孩介绍一些培养好奇心的方法。

1. 多接触大自然。河里的蝌蚪变成青蛙、秋天树叶的变化、太阳的东升西落……大自然的这些变化，在男孩眼中都是一个个谜团。男孩对这些现象进行仔细观察，自己的好奇心便会与日俱增，创造性思维便会得以养成。

2. 多尝试非常规的玩儿法。有时非常规的游戏手段会挖掘出男孩的好奇心和创造力。比如在玩汽车模型的时候不只是光遥控它跑来跑去，而是将其构造研究清楚等。不要以为这是不好的习惯，正是这种看似不符合常规的玩儿法，恰恰能使男孩增加许多发现问题、思考问题、解决问题的机会。

3. 给自己犯错的机会。很多男孩在犯错之后，会陷入深深的自责当中，殊不知，这种做法会影响到自己的探索精神。只有当男孩具备了不达目的不罢休的劲头，才能继续尝试，才能带着好奇进行询问。这对于培养男孩的观察力、思考力是非常有帮助的。

当面对聪明的人时，可能你会发现他的脑子转得很快。实际上每个人的智商都差不多，之所以有的人显得聪明，有的人显得笨，那只是显得聪明的人更爱动脑筋罢了。男孩要是想成为一个聪明人，就从现在开始培养好奇心，养成勤于动脑的习惯吧！

提升自我实现能力——潜能开发游戏训练

1. 游戏目标

带领游戏参与者探索"自我实现"的意义，制订提高"自我实现"能力的计划。

2. 规则简介

这个游戏总共需要60~65分钟。

3. 材料预备

"提升自我实现能力"材料，纸和笔。

4. 游戏程序

活动内容	预计所需时间
游戏参与者分别回答材料中的问题	10~15分钟
集体进行讨论	15分钟
对"自我实现"能力的重要性进行评价	10分钟
制订个人行动方案	15分钟
集体反馈	10分钟
共计	60~65分钟

5. 特别说明

（1）向游戏参与者分发"提升自我实现能力"材料、纸和笔。指导他们用10~15分钟对材料中的问题进行回答，引导他们对促成"自我实现"的潜在问题进行探索。

（2）对这些潜在问题进行讨论。引入同"自我实现"重要意义相关的事例。

第五章 让生活充满激情——开发自己的潜能

83

（3）要求所有游戏参与者，从个体以及集体的角度，评价"自我实现"的重要性，并集体讨论评价结果。

（4）要求游戏参与者用1～10分钟来对"自我实现"在其生活中的重要意义进行评价。

（5）引导每个人制订"持续性自我实现"的个人行动方案。

（6）"提升自我实现能力"材料。

①按照重要性列举自己的五个核心价值，并描述它们对于自己很重要的原因。

②怎样将核心价值应用到学习和生活中？学习是怎样令你感到实现了自己的价值的？

③你真正感兴趣的事情是什么？在学习、生活中，你怎样体现自己的兴趣？

④每周，你会在自己真正感兴趣的事情上面投入多少时间？因此获得的回报是什么？

⑤你希望发掘的重要技能是什么？

⑥你怎样在学习、生活中充分应用这些技能？

⑦你怎样对自己和他人进行出色地无条件地接受？

⑧列举自己表达敬畏或者是感激的情景。

⑨对自己在与人交往过程中所体验到的信任度与交往程度进行简要讨论。

⑩什么时候、在什么地方，你曾感觉自己富有创造力或者是别出心裁？

⑪你是否觉得自己正在生活中实现自己的潜能？

⑫思考其他对于自己很重要的因素。

6. 游戏成效

通过"潜能开发游戏训练"，帮助游戏参与者理解"自我实现"对于人生的重要意义。了解他人是怎样看待"自我实现"的意义的。制订提升"自我实现"能力的行动计划。

第六章

做个负责任的男子汉

——培养责任心

美国科学家乔治·华盛顿·卡佛，一生都以造福大众、保护环境为己任，致力于研发有利平民、有利土壤保护的产品。他一生共开发出325种花生产品、100多种甘薯产品，使农民的收益增加，大力推动了美国南方农村经济的发展。

根据情商专家巴昂的理论来看，富有社会责任感的人"能够服务他人、接受他人，与他人共事，凭良心办事，遵守社会法则。这些人对于人际关系非常敏感，他们能够为集体利益而并非个人利益奉献出自己的才能。缺乏这种能力的人则会表现出反社会公德的态度，进行欺骗他人、利用他人的行为。"

处处体现责任心

❋ 情商培养点：学会严谨，懂得负责

做事情严谨精细的人，常常对周围的事思考得很周全，善于三思而后行，这样的人责任心较强，办事比较稳妥。做事严谨、注重细节也是为人处世负责任的具体体现，我们切不可只对自己关心、喜爱的事情负责任，而忽略学习和生活中的其他细节。

在美国纽约州，有一家妇孺皆知的"梅尔多"公司。这家公司是靠制造"梅尔多"牌铁锤起家的，它的起家时间很长，但过程却非常简单。

"请给我做一把最好的锤子，做出你能做得最好的那种。"多年前，在纽约州的一座村庄，一个木匠对一个铁匠说，"我是从外地来的，在这里做一个工程，我的工具在路上丢了。"

"我做的每一把锤子都是最好的，我保证。"铁匠戴维·梅尔多非常自信地说，"但你会出那么高的价钱吗？"

"会的。"木匠说，"我需要一把好锤子。"

铁匠最后交给他的，确实是一把很好的锤子，也许从来就没有哪把锤子比这个更好。尤其值得称道的是，锤子的柄孔比一般的要深，锤柄可以深深地楔入柄孔中，这样，在使用时锤头就不会轻易脱柄。

木匠对这把锤子十分满意，不停地向同伴炫耀他的新工具。第二天，和他一起的木匠们都跑到铁匠铺，每个人都要求定制一把一模一样的锤子。

这些锤子被工头看见了，于是他也来给自己订了两把，而且要求比前面的都要好。"这我可做不到，"梅尔多说，"我打制每把锤子的时候，都是尽可能把它做得最好，我不会在意谁是主顾。"

一个五金店的老板听说了此事，一下子订了两打，这么大的订单，梅尔多以前从来没有接过。

不久，纽约城里的一个商人经过这座村庄，偶然看见了梅尔多为五金店老板打制的锤子，强行把它们全部买走了，还另外留下了一个长期订单。

在漫长的工作过程中，梅尔多时刻都坚持对顾客负责的态度，总是在想办法改进铁锤的每一个细节，并不因为只是一个铁锤而疏忽大意。尽管这些锤子在交货时并没有什么"合格"或"优质"等标签，但人们只要在锤子上见到"梅尔多"三个字，就会毫不犹豫地买

知识加油站

五金，指金、银、铜、铁、锡五种金属材料的总称。五金店主要卖锯子、钻子、螺丝、改锥、水龙头、锁、管子、打气筒、电线之类的东西。

下它。这便是顾客对梅尔多责任心的最大肯定与回报。

就这样，在一个不起眼的乡村小镇诞生的小铁锤，慢慢成了美国乃至全世界的名牌产品，而梅尔多本人也凭着这些铁锤成为了亿万富翁。

"梅尔多"铁锤之所以畅销，是因为每一把"梅尔多"铁锤都是最好的；梅尔多之所以成功，是因为他总是把每一把铁锤都做到最好。把每一件事情都努力做到最好，是一种对他人、对自己高度负责的态度。只有这样你才有可能赢得大家的信赖，从而让自己走向成功。

培养责任心要从小事做起

任何成功都不可能一蹴而就，都是由平日里积累的好习惯促成的。男孩想要成功，便不能忽略日常生活中的小事；想要培养责任心，更要从日常生活中的小事做起。想要培养责任心，男孩就要牢记下面这三个简单易行却经常被忽略的方法。

1. 了解生活中的每件事情都是由小事构成的。无论是学习、还是生活，无一不是由一件件小事构成。我们要认真对待每一件小事，不能对其应付了事或者是有所轻视。有许多看起来微不足道的小事，想要真正将其干好或者是解决好，也是需要花费很大的力气和精力的，在这个过程中，坚持到底的信念、脚踏实地的态度和自动自发的责任心，自然就被锻炼出来了。

2. 意识到平凡的小事中蕴藏着极大的机会。在极其平凡的小事当中，往往蕴藏着很大的机会。无论做什么事情，只有调动自己全部的热情和智慧，全力以赴，才能够自旧事当中找出新办法、新举措，才能为自己争取发挥本领的机会。所以，即便是做平凡的小事，男孩也要充分调动起内心的责任感，这样才能将自己的工作做得比别人完美、迅速、正确。

3. 出现问题时不找借口。生活中经常会出现这样的情况，一旦事情出现了差错，男孩总是想为自己找借口，为自己的过错与应负的责任开脱。这样做的结果不仅没有提高自己做事的能力，反而还养成了推诿的习惯。当问题出现时，男孩要有意识地分析出现问题的根源，并多从自身寻找原因，勇于承担责任。

看完这三个方法之后，男孩是否觉得，其实培养责任心也不是一件很困难的事情呢？那就赶紧行动起来吧，让自己从小事做起，成为一个有责任心、有担当的男生吧。

养成负责任的好习惯

✤ 情商培养点：勇于承认错误

　　没有人会相信，一个遇到要负责任的事情就跑的人能有什么作为。只有一个人在真正懂得了责任的意义和内涵，并努力付诸行动时，才预示着他开始走向成熟。责任心的培养，不是一时兴起，也不是三天打鱼两天晒网，只有把它当成一种习惯、一种乐趣，才能成就一个完全意义上负责任的人。

　　这是春天里的一天，天气很好，刚刚叫上好朋友来到草坪上踢足球。很快，他们就玩得很开心，踢得越来越有激情。

　　球来了，刚刚飞起一脚，只见球飞快地向对面一栋住房的窗户飞去！

大师如是说

　　一个人若是没有热情，他将一事无成，而热情的基点正是责任心。

　　——俄国作家

　　列夫·托尔斯泰

　　"砰！"窗户的玻璃碎了，一位老人迅速地从窗户中探出头来，愤怒不已地质问孩子们是谁干的。见状那些男孩吓得纷纷跑掉了。

　　刚刚回到家中找到爸爸，并怯生生地将自己闯的祸告诉给爸爸听。爸爸一直都没有说话，皱着眉头坐在沙发上。过了半天，他才严肃地盯着儿子说："一会儿你再去一趟老人家里，把钱给老人送去，再好好道个歉。但这钱是我借给你的，你一定要凭自己的本事来挣钱还我。因为这次祸是你闯的，你就应该负责到底。"

刚刚接过钱后，来到了老人家。他将钱给了老人，并诚恳地向老人道了歉。然后，他便利用周末的时间帮人送报，以此赚钱来还给爸爸。几个月后，他终于攒够了钱，自豪地将钱还给了爸爸。爸爸终于对他露出了笑容，刚刚也明白了要为自己的过失负责到底的道理。

生活中，男孩自己闯的祸就要自己负责到底。惹了麻烦一定不能推脱责任，敢做敢当、知错就改，才能造就男儿的铮铮铁骨。

帮你养成负责任的习惯

男孩应该学会对自己的行为负责任。当因为自己的过错给他人、社会带来不良影响的时候，一定要勇于承担责任，这是男孩有责任感的一种表现。想要养成负责任的好习惯，男孩不妨在做事时参考以下四点。

1. 自己做错的事，要勇敢地站出来承认错误，承担责任。

2. 慎重许诺，一旦对别人许下诺言，努力践行诺言。

3. 自主反思自己负责任的能力，确定什么事是自己应该负责的，什么不是自己应该负责的。

4. 学会承担责任，不推卸责任，自己解决不了的问题向老师或家长寻求帮助。

男孩要从小培养"自己做事自己负责"的精神，这样才能成长为具有责任感的男子汉，将来才能够担负起建设祖国的重任。男孩们，现在开始，就从身边的小事做起吧，增强自己的责任意识，提高自己的判断能力，认真地去履行自己的责任，让自己成为一个负责任的人！

时时刻刻尽职尽责

❊ 情商培养点：时刻坚守责任

男孩不要惧怕困难，因为困难就像水和空气一样，在我们的生活中无处不在。所以，你要有足够的心理准备去应对它，如果你逃避了，就会有更大的麻烦等着你。你要知道，你的负责不应该是功利性的，不应该为了得到其他利益或赞许才负责，而是因为你本身是一个负责任的人。

华盛顿出生于弗吉尼亚州，父亲是大庄园主。华盛顿从小勤奋好学，并且养成了严谨负责的习惯。华盛顿20岁那年，哥哥劳伦斯因病去世，华盛顿便挑起了全家的重担，成了弗农山庄的主人。

1775年4月19日，华盛顿在草地上宴请宾客，忽然传来一个消息：驻守新英格兰的英军出动一千七百多人，袭击了当地民兵在波士顿的秘密军火库。当地人民自发地拿起武器阻截，英军在归途中屡遭伏击，死伤四十多人。这是殖民地对宗主国进行公开抵抗的信号。

华盛顿听到这一消息，当即对大家说："这是可悲的选择。但是，我们非进行抵抗不可。一个正直的人在选择自己道路的时候，难道还能有什么犹豫吗？"

这个事件的起因是，当时北美有13个英属殖民地，虽有自己的政府机构，但都属宗主国英国管辖。随着经济的发展，英国把殖民地作为扩大税收的肥肉，颁布法规征收重税，让殖民地国家的人民苦不堪言。虽然殖民地的人民不断抗争，但是英国却并不想妥协。

面对严峻的形势，美国革命元老之一亚当斯建议组织大陆军，并推荐由华盛顿统率。

大敌当前，临危不惧，华盛顿毅然接受了总司令的职务。他来不及回弗农山庄同妻子告别，第二天便匆匆奔赴前线。

华盛顿挑起了总司令的担子，但马上发现自己是个光杆司令，根本就没有一支像样的军队。他对自己的秘书米夫林上校诉苦说："人们对我抱有很大期望，可是我们没有人、没有兵、没有武器……更令人痛心的是，我又不能向外求援。如果我公开表明我们缺这少那，不就等

知识加油站

殖民地，是指受宗主国统治，丧失政治、经济、军事以及外交方面的独立权力，完全被宗主国所控制的地区。

于暴露我方弱点而助长敌人气焰吗？我的良心和一个军人的道德告诉我，不能这样做，我只有自咽苦果。"

虽然，由当地民兵组成的军队缺乏训练，部队的装备也跟不上，但在战斗中，华盛顿表现出了坚毅果敢、不畏艰险的军人气质。尽管他吃了不少败仗，但却屡败屡战，越打越强。同时他还要对付来自大陆会议内部一些人的暗算，为此他吃尽了苦头，但是他一直将责任记在心中，从来没有想到过放弃。

经过6年的英勇奋战，美国最终取得了战争的胜利。华盛顿被推选为美利坚合众国的第一任总统。正是在美国独立战争期间，美国民众认识了这样一位敢于担当、不怕艰险、百折不挠、冷静持重和宽宏大度的伟人。

尽职尽责，不仅仅是顺境时对自己的要求，当身处逆境，没有资本、没有经验、没有朋友的帮助、没有家人的支持时都没有关系，只要你具备坚韧的个性，在决心的支持下，艰苦奋斗，尽职尽责做事，当尝尽所有的苦涩的时候，甘甜也就到来了。

成为负责任的好学生

责任，不仅是男孩对自己的要求，同时也是他人寄予男孩的希望，是社会托付给男孩的使命。不管是做人做事，还是做学问，大到国家社稷，小到一言一行，都要具有强烈的责任意识。处于学生时代的男孩，最主要的任务便是让自己成为一个负责任的好学生，努力完成自己的学业，为成为国家的栋梁之材打下坚实的基础。那么怎样才能成为一个负责任的好学生呢？男孩们需要做好以下几点。

1. 摆正自己的位置。学习是你目前的职责，所以面对学习不抱怨，给自己定好位，千万不要低估了自己，在正确的位置上做正确的事，并且从学习中获得乐趣。

2. 要有责任感。责任让人变得勇敢而坚强，责任意识强的人一定能够取得成功，男孩在学习中一定要具备强烈的责任感，因为责任承载着能力。

3. 适时给自己充电。在知识方面不断充实自己，把学习当做人生的一种享受，不断学习、提升自己，通过学习赢得新的机会，并养成终身学习的好习惯。

易卜生曾经说过："你最大的责任是把你这块材料铸造成器。"男孩只有对自己负起责任，才能拥有真正的自尊，才能获得别人的信任，才能够担当起对他人、对社会的责任。

负责从尊重生命开始

❋ 情商培养点：对生命负责

生命是一种活着的状态，生命对我们每个人来说只有一次。生命是每个活着的人所能拥有的最好的礼物。在灾难和突发事件面前，生命显得那么脆弱，然而一个普通的生命所迸发出的人格力量却是无穷无尽的！尊重生命，是对自身和自身所属社会、种族的负责，而热爱生活则是对一切生命活动的尊重和负责。

一位公交车司机，一天在开车的途中心脏忽然绞痛起来，原来他的心脏病突然发作了。司机体内一阵阵剧痛，痛得他浑身颤抖，连方向盘都抓不稳，公交车面临着失控的危险。

但司机明白，自己载着满满一车的乘客，而且正行驶在繁华地带的马路中央，自己要是撒手不管了，这么多的人都可能遭受生命危险。

> **知识加油站**
>
> 黄志全，生前为大连市公交汽车联运公司702路4227号双层巴士司机。1999年3月14日晚7时左右，黄志全在驾驶过程中突发心脏病，在生命的最后时刻里，他强忍剧痛，在保证全车乘客安全之后停止了呼吸。

于是，司机忍受着难以想象的巨大绞痛，拼尽全身力气，做了三件事情：第一，一点点地把车靠到了路边；第二，踩下了刹车；第三，打开车门。看着乘客一个个都下去了，这时，司机才无力地趴在了方向盘上，从此再也没有醒来。

这是一个发生在大连的真实故事，这名司机叫黄志全，他在自己生命的最后时刻还记挂着整整一车人的生命。所有的大连人都记住了他的名字。

据当时乘坐该车的乘客回忆说，"3 月 14 日晚上 7 点多钟，联营702 路 4227 号双层巴士从八一路车站始发，行驶不到 50 米，巴士突然停靠在路边，车门也打开了。""当时车上的 20 多位乘客不知道发生了啥事情，见司机伏在方向盘上一动不动，问他咋回事儿也不'出声'。乘客们以为巴士发生了故障，于是纷纷下车走了。"5 分钟后，从后面驶来的 702 路 4201 号车司机看到这一异常情况，马上停车登上 4227 号车。"黄师傅当时趴在方向盘上，已经不省人事了，他的右手却还紧紧地攥着手动刹车闸！"原来黄志全在行车途中突发心脏病，当时已经不能说话，但是他以顽强的毅力将发动机熄火，并且拉上手动刹车闸，从而避免了一起车毁人亡的惨剧发生！

这名司机在自己最疼痛的时候，没有将一车人的生命置之不顾，而是拼尽最后的力气做了关键的三件事，让乘客平安下车，保护了一车人的生命安全。这名普通的公交车司机，怀揣着负责的良善之心，让人感动不已。

我们每个人都要懂得对生命保持尊重和敬畏之心，善待自己，善待别人，善待大自然的一切生命。做负责的男孩，从尊重生命开始。

我们要如何尊重生命

尊重生命便是尊重自己！生命是最为可贵的，所以男孩要懂得尊重自己的生命，同时还要尊重世界上全部的生命，因为这等于是在尊重我们自己。

1. 我们的生命给人带来幸福欢乐。当你来到这个人世间，你第一声婴儿的啼哭，带给父母的是笑脸，迎来的是长辈们慈爱的微笑。

2. 他人的生命也给我们带来快乐和幸福。我们可以设想一下：如果父母不在自己的身边，我们的生活会怎样？如果好朋友不在身边，我们的心情又会怎样？如果没有医生呵护我们的健康，我们的生命又会怎样？如果没有农民种田……

3. 我给他人带来欢乐和幸福，他人给我带来欢乐和幸福——每个人的生命都是有价值。

4. 用实际行动尊重生命。当自己的生命受到威胁时，我们不轻言放弃；当自己的生命遭遇困境时，要勇敢面对；当他人的生命遭遇威胁和困境时，我们要勇于伸出援助之手。

男孩们，牢记这四点，从现在开始做起，尊重生命、尊重自己、尊重他人，以自己的切实行动来为生命增添色彩吧！

我的身体我负责

❀ **情商培养点：锻炼身体，对自己负责**

身体是革命的本钱，有个健康的身体比什么都重要。如果没有健康的身体，再有才能的人，将来也难以有人乐于重用。青少年的身体健康很重要，你要凭借它学习、奋斗、孝顺父母和报效祖国等，所以，谁说锻炼健康的体魄不是对自己负责呢？

雨果是法国19世纪伟大的作家，他才华横溢，20岁开始发表作品，刚刚29岁就创作了纪念碑式的长篇小说《巴黎圣母院》，轰动了法国文坛。以后他又创作了一系列的戏剧、诗歌、小说。可是，正在他以满腔激情投入创作的时候，心脏病恶性发作了，这时他才 40 岁。

在病魔的折磨下，他整天脸色铁青，肢体浮肿，走路气喘吁吁，几乎连生活都快要无法自理了，更别提提笔创作了。不少人为他惋惜说："这颗巨星将要陨落了。"但病中的雨果仍然保持着乐观，他坚信自己的病一定会好起来。雨果一边进行积极的治疗，一边听从医生的指导进行运动锻炼。他每天早晨外出散步、做操、打拳。过了一阵子，身体真的慢慢变好了。身体稍好之后，他又加大运动量，进行跑步、游泳、爬山等运动。这期间他虽然因反对路易·波拿巴的反革命政变而被迫流亡国外，但仍不忘锻炼身体。

后来，雨果的病情逐渐好转，他又获得了充沛的精力，重新拿起笔开始创作。他 60 岁时又创作出了《悲惨世界》这样震撼文坛的世界名著。直到晚年，雨果仍然不懈创作，写出了大量的作品。80 岁那年，他还写了一部戏剧《笃尔克玛》。

雨果逝世于 1885 年，那时他已经 84 岁高龄了。雨果 40 岁时得了心脏病，却最后成了长寿者，人们对此惊叹不已："这真是个奇迹！"而这奇迹是怎么来的呢？是运动创造的。

众所周知，长期而有效的体育锻炼对人的影响是显而易见的。它能增强你的体质，让你没那么容易感冒，还能让你整天精神饱满，精力充沛，也能让你的身体更加灵活，反应更加敏捷……在学习之余进行体育锻炼，还能提高学习效率。如果你长期坚持体育锻炼，这些好处

知识加油站

《悲惨世界》，是法国作家雨果的一部长篇小说。小说围绕主人公获释罪犯冉·阿让试图赎罪的历程展开，融进了法国的历史、政治、法律、正义、宗教等，使读者体会到作品有一种深远的分量感，是 19 世纪最著名的小说之一。

你一定能感受到。无论从健康还是从学习上来说，体育锻炼真是一件好事，男孩们赶快行动起来，对自己的身体、前途负起责任来吧！

学会方法让身体强壮起来

男孩正处于长身体的阶段，这个时期爱护自己的身体，不仅能够增强体质，让个子长得更高，更能为将来回报社会打下一个坚实的基础，所以说，男孩一定要有对自己身体负责的意识，并将其付诸行动。

1. 要清楚身体是革命的本钱，有个健康的身体是非常重要的。

2. 自觉加强体育锻炼，有一项或几项自己擅长的体育项目，并且能够乐于其中。

3. 运动时也要有效率，不能懒懒散散、拖拖拉拉，更不能以此为借口耽误学业。

4. 劳逸结合，学习累了进行运动，这样既有利于健康，也能提高学习效率。

5. 认真上好每一节体育课，按照体育老师的要求完成体育训练和其他活动。

进行体育锻炼不仅能增强身体素质，还可以让男孩学习起来更有精神。所以，男孩们，从现在开始，每天都坚持体育锻炼吧！

参与志愿活动——责任心游戏训练

1. 游戏目标

认识志愿活动的意义，以及志愿活动对生活所产生的积极影响。

2. 规则简介

这个游戏总共需要 55～70 分钟，并且还有后续的活动。

3. 所需材料

无。

4. 预计时间

活动内容	预计所需时间
讨论为什么责任对于个人来讲非常重要；关注责任与志愿活动之间的联系	10～15 分钟
对个人参与志愿活动的方式进行讨论	10 分钟
规划一项历时 21 天的志愿活动	15 分钟
21 天后进行活动反馈	20～30 分钟
共计	55～70 分钟

5. 特别说明

（1）讨论责任对于个人以及集体至关重要的原因，关注责任与志愿活动的联系。

（2）如果游戏参与者中有人在从事志愿活动，对他们从事志愿活动的方式进行讨论。

（3）要求游戏参与者共同发起一项持续21天的新志愿活动。

（4）21天后，让这些游戏参与者重新聚集到一起，分享在这次活动中的心得，以及活动对自身产生的影响。

6. 游戏成效

通过"责任心游戏训练"，使游戏参与者深刻了解责任的意义，以及志愿活动是怎样对自己人生的许多方面产生积极影响的。

第七章
拥有好人缘的秘诀
——理顺人际关系

　　在电视剧《贫嘴张大民的幸福生活》当中，城市贫民张大民心地善良，为人真诚，从来不会玩弄虚伪骗人的把戏，这令他轻松获得了身边各类人的信任和好感。他这种坦率、直接的处世方式，非常利于构建值得信赖的人际关系，为自己和家人赢得了平凡的幸福生活。

　　情商专家斯坦和布克对人际关系能力的界定为"能够建立并且维持令彼此满意的关系，可以形成亲切感或者是获得好感"。

欣赏别人是美德

❋ 情商培养点：欣赏别人的优点

古人云："举廉不避亲，举贤不避仇。"遇到比自己优秀的人才应该予以举荐，而不应该嫉妒。对朋友求全责备的人，往往是孤家寡人。学会欣赏别人，是与人友好交流、深层交往的前提，也是给别人留下深刻印象、赢得尊重与信赖的有效方式。

春秋时期的管仲，自幼丧父，与母亲相依为命。他天资聪慧，遇事好动脑筋，总要刨根问底，也愿意接近当地一些贤士名流。

当时，管仲家庭生活困顿，为生计所迫，他想学做买卖。他先是把母亲编的草帽拿到集市上去卖。草帽虽然编织得精美，但他要价太高，结果整整一天，一顶也没卖出去。正在管仲又饿又困的时候，鲍叔牙路过。经过一番交谈，管仲的学识、修养令鲍叔牙对

知识加油站

鲍叔牙，鲍敬叔之子，春秋时代齐国大夫，管仲的好朋友。当时管仲侍奉齐襄公的儿子公子纠，鲍叔牙侍奉公子纠的弟弟公子小白。后来鲍叔牙推荐管仲当上了宰相，被世人誉为"管鲍之交""鲍子遗风"。

他刮目相看。当他了解管仲的身世后，对他更为同情。鲍叔牙把管仲请到旅馆住下，与管仲纵论天下大事，他对管仲的才干十分钦佩。鲍叔牙对管仲说："如果你愿意，咱们俩合伙做买卖吧。"管仲正愁没有本钱呢，双方一拍即合，结拜为兄弟。

管仲家里贫穷，做买卖的本钱都是鲍叔牙出的，但是赚来的钱，鲍叔牙总是把多的一半分给管仲。管仲很是过意不去，但鲍叔牙说："朋友之间应当互相帮助。你家里不富裕，就别客气了。"

过了一段时间，鲍叔牙和管仲一起去当了兵，向敌方发动进攻的时候管仲总是躲在后面，撤退的时候他又跑在了前面。士兵们都说管仲怕死，鲍叔牙替他辩解说："管仲家里有老母亲，他保护自己是为了侍奉母亲，并不是真的怕死。"管仲听到这些话后非常感动，感叹道："生我的是父母，了解我的是叔牙啊！"

后来，齐桓公在鲍叔牙的帮助下取得王位。齐桓公继位后，鲍叔牙官封宰相，身居一人之下，万人之上。而管仲则帮助齐桓公的对手公子纠。公子纠被杀后，管仲被囚。鲍叔牙知道自己的才能远不如管仲，便对齐桓公说："管仲是天下奇才，大王若能得到他的辅佐，称霸于诸侯则易如反掌。管仲并非与你有仇，只是当初效忠公子纠而已。大王若不计前嫌重用他，他也一定会忠于您。"

不久，齐桓公果真用了管仲，在管仲和鲍叔牙的辅佐下，齐国渐渐强盛起来。齐桓公终于成为春秋时期的第一个霸主。

俗话说："宰相肚里能撑船。"鲍叔牙身居宰相高位，却能够以社稷大业为重，向齐桓公推荐对手的门客，说明鲍叔牙的心胸广阔，没有私念，具有足以令人称道的品德。如果你也想成为令人称道的人，便要学会欣赏别人，哪怕那个人是你的竞争对手。"尺有所短，寸有所长"，不管接触的是什么样的人，都要学习他身上值得学习的东西，努力做到取长补短，令自己的能力获得提高。

欣赏别人要有方法

英国哲学家培根曾经说过："欣赏者心中有朝霞、露珠和常年盛开的花朵。"是的，欣赏别人，其实便是在欣赏自己。男孩只有拥有了善于发现美的眼睛，那么一切便都是美的。那么男孩怎样才能做到欣赏别人呢？下面介绍几种方法。

1. 尊重别人。欣赏别人的长处和优点并不等于自己就不如别人，只有你尊重别人了，别人才能尊重你，每个人都是需要尊重和欣赏的。

2. 不要一味挑剔别人的不足。如果你一味挑剔别人的不足，那么你就不会欣赏别人也就得不到别人的欣赏，所以，我们要用宽阔的胸怀来容纳别人，用平常心来对待别人。

3. 要学会豁达做人和宽容别人。只有心胸开阔，才能学会欣赏别人，才能在别人的身上看到长处和优点，才能从别人的长处和优点当中品味到美。

4. 不要害怕别人超过你，要懂得为别人喝彩。人只要用爱心去对待一切，给别人多一些鼓劲的掌声，多几句真诚的赞誉，多一点及时的肯定，多一些善意的提醒，就可以做到欣赏别人。

欣赏中，包含着信任与肯定，是一种理解和沟通；欣赏还是一种激励和引导，能够令人扬长避短，更加健康地成长、进步。男孩要学会欣赏别人，因为只有在人与人的相互欣赏之中，世界才会充满爱。

宽容赢得信赖和尊重

❋ 情商培养点：善于宽容别人

古人云："宽容是金。"人生只有投入这个比金钱更可贵的"宽容"，才会获得比金钱更可贵的"福气"。人非圣贤，孰能无过。对别人的过错要宽容，尤其要善待周围那些曾经犯过错误的人。这样做于人于己都是一种宽容，也只有这样才能结交忠于自己的朋友。

有一次，春秋五霸之一的楚庄王在皇宫里宴请众将领。他让众将领不分尊卑，尽兴畅饮。正当他们喝得高兴的时候，突然吹来一阵风，帐篷里的灯火都被吹灭了，大帐里一片漆黑。这时，有一位将领趁黑调戏了楚庄王的爱妃。这个妃子十分机智，当这个将领拉扯她时，她顺手扯断了将军头盔上的缨子。这个将军十分害怕，以为马上就有丧命的可能。

知识加油站

楚庄王，又称荆庄王，春秋时期楚国最富成就的君主，春秋五霸之一。在庄王之前，楚国始终被排除在中原文化之外。楚庄王称霸中原，不仅令楚国强大起来、威名远扬，同时也为华夏的统一、民族精神的形成作出了一定的贡献。

楚庄王的妃子把这件事悄悄告诉了楚庄王，并给楚庄王出主意：她已经扯断了调戏她的人头盔上的缨子，只要在点燃灯火之后，哪位将领的头盔上没有缨子就可以了。

楚庄王听了，不动声色，他命众将领在点燃灯火之前都扯掉自己头盔上的缨子。

当营帐里的灯火再燃起来的时候，众将领都已经扯掉了头盔上的缨子，那个调戏楚庄王妃子的将军也因此而逃过了一劫。

后来，晋军进攻楚国。楚庄王带领本国军队迎敌，战斗十分激烈，在危急时刻，一名将军带领部下英勇作战，救了楚庄王的命，立了大功。楚庄王召见他时赞许说："这次打仗，你奋勇杀敌，不仅扭转了局势，还救了我命，使楚军取得了胜利。"这个将领泪流满面地说："臣就是两年前在酒宴中调戏大王爱妃的罪臣，当时大王宽容臣的过错，没有处罚臣，使臣感激不尽。从此以后，臣就决心报答陛下，等待机会杀敌立功！"后来楚庄王和这位将军不仅成了一对推心置腹的知己君臣，更是成了一对肝胆相照的好朋友。

在与人交往的过程中，宽容地待人，无疑会让你赢得更多的尊重，因为人人都会愿意和这样的人交往，并将自己的真心交给对方。

做到宽容待人的秘诀

宽容是一种风度，男孩在与他人相处时，应该大度一些，特别是认为他人有过失时，你要保持冷静和理智，克制自己的言行，给有过错的人多一点宽容，少一点指责。下面就给男孩介绍几个宽容待人的秘诀。

1. 宽容是一种潇洒。宽厚待人，容纳非议，是获得成功的基石。凡事切不可斤斤计较、患得患失。

2. 宽容是一种坚强，而不是软弱。宽容要以退为进、积极地防御。

宽容所体现出来的退让是有目的、有计划的，主动权掌握在自己的手中。

3. 宽容就是在别人和自己意见不一致时也不要勉强。找到对方意见提出的基础，就能够设身处地地为他人着想。我们要尊重别人的知识和经验，积极吸取别人的长处，从而做到扬长避短。

4. 宽容就是忍耐。在遭到同伴的批评、朋友的误解时，过多的争辩和"反击"实不足取，唯有冷静、忍耐、谅解最重要。退一步，天地自然宽。

当男孩懂得了宽容别人，也许就会发现，自己的朋友越来越多，同时，他们也将相应的宽容给了自己，这样，彼此以诚相待，互相包容、关爱，生活会变得更加美好！

分享带来最大的收获

❀ 情商培养点：学会与人分享

我们应该养成与人分享的好习惯。乐于与人分享，能帮助自己克服人格发展中的某些缺陷，弥补其不足，形成更为全面和健康的人格。因为"独占"是一种危害性极大的心理意识，所以我们在与人分享、合作的过程中，一定要严防这种意识的生成。

一天，一个家境贫穷的小男孩在挨家挨户地推销商品，好攒够自己的学费。奔走了一整天的他感到非常饥饿，但是摸遍全身却什么也没有，该怎么办呢？想来想去，他来到了一户人家门口，准备讨点吃的。给他开门的是一位年轻女子，看到他很饿的样子，这位女子拿了一大杯牛奶给他喝。男孩慢慢地将牛奶喝完，问道："我该付给你多少钱？"这位年轻女子回答说："不用付钱。妈妈一直告诉我，有东西要懂得与人分享，不图回报。"听了她的话，男孩说道："那么，就请你接受我发自内心的感谢吧！"说完之后，男孩便离开了。此时，他感到浑身都很舒畅，似乎整个世界都在朝他微笑，原本打算退学的念头也一去不复返了。

过了很多年之后，那位年轻女子得了重病，这种病非常罕见，当地的医生都束手无策。最后，她转到了大城市进行医治，由那里的专家给她进行会诊治疗。当年她帮助过的小男孩如今已经是大名鼎鼎的霍华德医生了，他也参加了会诊。当看到病历上

大师如是说

如果你把快乐告诉一个朋友，你将得到两个快乐；而如果你把忧愁向一个朋友倾诉，你将被分掉一半忧愁。

——英国作家 培根

面所写的病人信息时，他仿佛突然间意识到了什么，于是立刻起身直奔病房。到了病房之后，霍华德一眼便认出了床上的病人，她就是那位曾帮助过自己的人。

回到办公室之后，霍华德决心竭尽自己所能也要将恩人的病治好。从那天起，他便对这个病人特别关照。经过他的努力，手术最终成功了。霍华德要求护士把医药费通知单送到了病人那里，在通知单的旁边，霍华德签了字。

当医药费通知单被送到这位特殊病人的手里时，她没有勇气去看，因为她确信，巨额的医药费将会花掉她全部的家当。但是最后，她还是鼓起勇气，打开了医药费通知单。通知单旁边的小字引起了她的注意，

她忍不住读出声来："医药费——一满杯牛奶。霍华德医生"

养成分享的人往往更能得到别人的尊重与回报，"独占"意识强的人则很难获得他人的喜爱，也很难将人际关系处好。所以，我们一定要养成乐于分享的好习惯，让自己变成一个受欢迎的人。

学会分享快乐多

乐于与人分享的男孩，在待人接物中，往往显得比较大度、得体、有礼貌，愿意付出，他们的社会适应性好，更容易取得成功。相反，喜欢"吃独食"的男孩，在待人接物中，往往比较小气、爱计较、顾虑重重，通常不愿意主动付出，做什么事情都喜欢讲条件、讲好处，容易出现社交问题。男孩要养成分享的习惯，具体做法可以参考以下三点。

1. 要树立分享的意识。男孩要在生活中树立分享的意识。当自己看到或者是听到一些有意义的事情时，要将其讲给他人听，让大家分享自己的快乐。

2. 以乐于分享的人为榜样。榜样的力量往往是巨大的，男孩可以有意识的以乐于分享的人为榜样。日常生活中，仔细观察他们是怎样与人分享的，在遇到类似情况时，自己也要按照他们的方法去做。

3. 学会理解他人。真正的分享是以关心和体察他人为基础的。所以男孩首先要理解他人的情绪与思想，才能做出合适的分享行为。比如当自己不愿意与他人分享的时候，可以想一想如果别人不愿意与自己分享，自己会是什么样的感受，以此来鼓励自己积极与他人分享。

懂得与人分享，才能获得真正的快乐。懂得分享的男孩人人爱，因此，在日常生活当中，男孩要养成分享的好习惯，特别是要与人一起分享快乐、成功和荣誉。这可以减少自私心理和以自我为中心的行为，对男孩的成长是十分有益的。

与人交往要坦坦荡荡

✳ 情商培养点：真诚地祝贺朋友

我们做人一定要大方，要胸怀坦荡。与人交往时同样也是这个道理，只有坦坦荡荡才能交到真正的朋友，让别人感到你是一个值得尊重的人。古人曾说："君子坦荡荡"也正是这个意思。

暑假，小雷去找小布玩，发现小布在家里学习象棋。

因为小雷的爷爷教过小雷下象棋，所以他想跟小布较量几盘。于是，两人摆开棋子，开始对弈。起初，小雷觉得自己肯定能赢过小布。但后来他发现，小布的棋下得很有章法。三盘下来，小雷彻底输了。

小雷回到家里，心里感到很不痛快。

爷爷问："怎么了？"

小雷嘟囔着嘴说："我今天和小布下象棋，连输了三盘。"

爷爷听完，微微一笑说："不就输了几盘棋吗，怎么就闷闷不乐起来了？"

虽然爷爷一直在安慰他，但是小雷的情绪依旧没有好转。

爷爷说："你把棋盘摆上，让爷爷看看，你是怎么输给小布的？"

小雷一听，慢慢走进了书房，把棋盘放在桌子上，摆开棋子。

爷爷说："你把你记得的棋形给爷爷摆出来。"

小雷按照爷爷所说的做了。

不一会儿，爷爷看完三盘棋局，笑了笑说："你知道你输在哪儿了吗？"

此时，小雷的心思根本不在棋盘上，他还在为输给小布的事情生气，所以很不服气地说："每一次都是这样，明明我要赢了，最后还是被小布反败为胜。"

爷爷说："下棋哪有不输的道理。人外有人，山外有山，爷爷年轻的时候也输过很多次。输了不要紧，要能坦然面对，还要有足够的胸怀去真诚地祝贺对方，只有这样，你才能获得别人的尊重，才能学到更多东西。"

小雷豁然开朗。

知识加油站

象棋，又叫中国象棋，是起源于中国的一种益智游戏。交战双方各执16个棋子，分别为双车，双炮，双马，双象（相），双士（仕），五兵（卒），一将（帅）。通常情况下是红棋先行，以"将死"或"困毙"对方将（帅）为胜。

在爷爷的帮助和自己的努力下，小雷开始钻研棋谱，并和小布一起不断研习，棋艺终于获得了巨大的进步。今年，他还在少年宫的比赛上获得了一等奖。

要是你能在朋友成功的时候真诚地向他道贺，那你就已经是一个胸怀坦荡的人，你的朋友一定能感受到你的真心。你这样的行为也能提升你们的友谊质量，让你的朋友更加信任你。

正确看待朋友获得的成功

为人处世中，男孩要拥有开阔的心胸，当身边的人取得成功时，送上一份真诚的祝福，以自己广阔地心胸去感染别人，这会让你在友谊的道路上走得更加顺利。

1. 当你的朋友获得成功时，衷心地祝贺他，不要忌妒，也不要愤愤不平。你可以将他的成功，化为自己奋斗的力量。

2. 保持一份坦坦荡荡的心绪，你不能心存怨恨，大大方方地、真诚地向朋友道贺。相信朋友也会对你表现出真诚的敬意。

3. 你可以对朋友说："我这次输给你，下次我要超过你。"这样就促成了朋友间的良性竞争，但是，千万不要表面上装作不在意，心里却暗中记恨着。

发自内心的赞美，代表着真诚的态度与宽广的心胸，这不仅能使男孩的人际关系变得更加融洽，而且更能让男孩产生一种自信，让男孩更加具有成功者的风范。

培养自己的影响力

※ **情商培养点：提高自己的影响力**

影响力，一般指的是用一种为别人所乐于接受的方式，改变他人的思想和行动的能力。影响力是一种人格魅力，来源于你和你周围的人之间的相互感召和相互信赖。有影响力的人，总是能够轻易地说服别人，甚至是根本不用去说服，别人自然而然就会信服你，相信你的判断，尊重你的看法。

东汉时期的著名军事家、外交家班超，是一个很有影响力，并且善于运用自己影响力的人。这一点，在他第一次出使西域的时候，便得到了印证。在 1000 多年前的时候，外交使节往往要冒着巨大的风险去执行使命，有时候甚至会丢掉性命。因此，作为外交使节，不但要具有胆略和才干，而且还要具有非凡的影响

大师如是说

给我一个支点，我可以撬起地球。
——古希腊哲学家
阿基米德

力，并懂得在适当的时候加以运用，这样才能够在关键时刻力挽狂澜、脱离险境、获得胜利。

班超出使的第一站是西域的一个小国家，叫作鄯善国。史书记载其位于西域南北两道的桥头堡位置，战略地位相当重要。在使团刚刚到达

鄯善国的日子里，鄯善王非常殷勤地招待东汉王朝的使团，礼敬甚备，后来却越来越疏懒怠慢了。班超判断，一定是北匈奴的使者也到了鄯善国，他的这一想法，在后来获得了证实。

于是，班超心中开始酝酿出一个大胆的计谋，但他料定从事郭恂必不敢从，所以就召集除了从事郭恂外所有部下共饮。酒壮人胆，班超看部下都喝得差不多的时候，就把目前的情况告诉了大家，并激励大家说："今天大家与我一起出使国外，都想以此来立大功、求富贵。而今，匈奴之人刚到此地，鄯善王便不再对咱们以礼相待了，咱们要怎样办啊？"众人高呼："今在危亡之地，是生是死，都听从司马的安排。"班超见势拍案而起，对众人说："不入虎穴，焉得虎子。当今之计，只有连夜以火偷袭匈奴，使他们不知道我们的底细，这样一定会让他们人心大乱，就好趁机消灭他们。这样一来，鄯善王必定会吓破了胆，我们就能功成事立了。"

当时，部下中还有人提出，是不是要找从事郭恂商量一下再行事？班超果断地说："吉凶决于今日。他是一个从事文俗的小官吏，听到此事必定会害怕而泄密，死了也不能留下名声！"部下们看到班超如此之胆气，纷纷异口同声地同意了班超的意见。

于是当天夜里，班超带领着部下，直奔北匈奴使团的营地。班超身先士卒，亲执兵刃斩杀3名匈奴人，部下吏士见到班超如此英勇，勇气大增，当场杀死包括北匈奴使团首领在内的30多人，而北匈奴使团的其余人，由于班超率众人把住营门，皆不得脱，被活活烧死。这一战，班超在遇到各种险象环生的情形之下，仍能保持独到的判断力，并且充分发挥自己的影响力，鼓舞大家，最终带领大家取得了胜利。

这个故事告诉我们，人与人在交往的过程中会产生相互的影响，这常常是意志力与意志力的较量，不是你影响他，就是他影响你。如果我们想要成功的话，一定要培养自己的影响力，只有影响力大的人才能得到他人的信服。

成为有影响力的人

当对周围的人有了影响力时，男孩会发现自己的威望在无形之中扩大了，自己说出的话大家都会信服，大家也总是推崇自己。在人际交往中，男孩一定要学会适度提高自己的影响力，这样才能让人家信赖你、支持你。男孩要提高自己的影响力，要坚持做到以下这三点。

1. 你要有好的人际关系。影响力是一个综合素质，关系到其他很多方面，所以你必须有一个良好的人际关系。

2. 你应该提高自己的沟通能力、培养自己的自信心以及说话技巧，这是培养影响力的基本条件和途径。

3. 你要敢于表达和坚持自己的意见，不要害怕自己的意见说出来会被别人嘲笑，在认为自己是对的时候不要被别人的想法所左右。

当男孩真的成为一个有影响力的人之后，要注意考虑问题时不能只站在自己的角度，而是要对问题有一个全局观；你要开始协调自己身边人之间的关系，使这个团体具有凝聚力……这样下去，你便能够逐渐成为团队中的核心人物了。

彼此尊重——人际关系游戏训练

1. 游戏目标

认识彼此尊重的人际关系对学习、生活的重要意义。

2. 规则简介

这个游戏总共需要 70~85 分钟。

3. 材料预备

无。

4. 游戏程序

活动内容	预计所需时间
讨论尊重在人际关系中的重要性	10~20 分钟
集体对人际关系进行定义，列举人际关系中的优缺点	15~20 分钟
讨论维持人际关系的方法，列举需要考虑的问题	10 分钟
制订行动方案	15 分钟
反思	20 分钟
共计	70~85 分钟

5. 特别说明

（1）集体对尊重他人的重要意义进行讨论，并关注如何表达这种情感。

（2）对人际关系的重要意义进行讨论。

（3）讨论如何在学习、生活中维持有意义的人际关系。对游戏参与者进行提问，问他们是怎样在学习、生活中维持人际关系的；在维持人际关系的过程中，他们遇到过什么困难？

（4）制订集体行动计划，令游戏参与者的人际关系维持能力在行动中得到提升。

（5）要求游戏参与者，对自己在这次训练活动中的收获进行思考。

6. 游戏成效

通过"人际关系游戏训练"，引导游戏参与者深刻了解人际关系的重要性，提升维持健康、稳健人际关系的技能。

第八章

学会 "读懂" 他人

——理解别人的感受

在美国电影《母女情深》中，很多人都对一位年轻癌症患者表示出同情。因为虽然这位患者脾气暴躁，但是他富有同情心且乐于帮助他人。而这正是因为他能够深刻地体会到许多人的情感。

《韦氏词典》是这样解释同理心的，"同理心表示能够意识、感觉、理解、间接地体会他人的想法、感受与精力"。

不要吝惜你的热情

❋ 情商培养点：了解别人的需求

了解别人的需要并为之付出，是一种美好的传递行为，它能够让人体会到金钱买不到的快乐，而这种快乐就是你得到的无形财产，它可以改变你的人生。可以说，你付出的热情，可以让别人感觉到你身上笼罩着的浓郁的正能量，能够让你与别人之间产生一种默契，从而拉近人与人之间的距离。

一天夜里，已经很晚了，一对老年夫妻走进一家旅馆，他们想要一个房间。接待他们的侍者非常抱歉地说："不好意思，我们旅馆已经客满了，一间空房也没有了。"可是，看着这对老人疲惫的神情，侍者不忍心让他们出门另找住处。况且在这样一个小城，恐怕其他的旅店也早已客满了，总不能让这对疲惫的老人流落街头吧。于是他想了想说道："让我来想想办法……"

知识加油站

通常情况下，机票包括单程机票和双程机票两种。单程机票是指自出发地到目的地一次有效使用的机票，只能去不通返。双程机票则指到达某地之后还要继续旅行或者是返回的机票。

这位侍者将这对老人领到一个房间，说："也许这个房间不是很好，但现在这种情况下，你们只能住在这了。"老人看到，这其实是一间简单但非常整洁的屋子，就愉快地住了下来。第二天，老人来到前台结账时，侍者并没有收，原来侍者是把自己的屋子借给老人住了一晚，而他在前台值了一夜的班。两位老人十分感动，他们激动地对侍者说："孩子，你是我见到过的最好的旅店经营人，你的付出一定会让你有所成就。"侍者笑了笑，说："这算不了什么。"他送两位老人出了门，转身接着忙自己的事去了。

侍者并没有把这件事情放在心上，几个月后，他突然接到了一封信，打开一看，里面有一张去纽约的单程机票并有简短附言，意思是聘请他去做另一份工作。他觉得这是个机会，就乘飞机来到纽约。他按信中所标明的路线来到地方，抬眼一看，一座金碧辉煌的大酒店耸立在他的眼前。原来，几个月前的那个夜晚，他接待的是一个有着亿万资产的富翁和他的妻子。他们被侍者的热情与爱心所深深感动，于是富翁买下了这座大酒店，并聘请侍者来当酒店的经理，因为老人深信他会经营好这个酒店。

在生活中，你付出得越多，收获得也就会越多，而且得到的不仅是精神上的喜悦，甚至包括物质上的奖励。要知道，你付出就会有人获得，有所获得的人自然会感觉到快乐，所以他也会乐于向你回馈快乐。对于你来说，这便是最大的回报。男孩们请一定不要吝惜自己的热情，让它去温暖你身边的人吧！

情商训练营

真诚待人赢得尊重

有句名言说得好：如果你心灵不美，你就看不见美好的事物。如果你不主动付出，又如何能期待着他人某一天主动向你付出呢？其实真诚待人并不难做到，当别人忙碌时送上一杯清水，遇见他人时主动送出一个微笑，日常小事中，你便完全可以将自己的真诚传递给别人。男孩们，如果你想学会真诚待人，就要看看以下这几点。

1. 发现别人有困难时，主动伸出援助之手。要相信，只要付出了真心，便能够收获真情，不要去斤斤计较报酬和付出的力气。

2. 多站在别人的角度考虑问题。做人要懂得换位思考，做到急人之所急，想人之所想，别人自然会对你心存感激。

3. 要将尊老爱幼的思想时刻记在心中。尊老爱幼是中华民族的传统美德，在这方面，男孩要以身作则，将它发扬光大。

可能有些人不是不想真诚地对待他人，而是觉得即便是自己付出了真诚，他人也未必以同样的真诚来对待自己，又何必自讨没趣呢。其实这样想是不对的，如果心中先有了这种想法的话，心胸便会越来越狭隘，越来越得不到别人的认可。

与竞争对手分享

✳ 情商培养点：去帮助自己的对手

真正成功的人，并不只靠自身的实力，其实他们更能了解他人的想法，更懂得与他人合作。他们能够善待周围的人，包括自己的对手，进而整合各种资源，创造出更大的价值。

瑞典著名化学家、硝酸甘油炸药发明人阿尔弗雷德·伯恩哈德·诺贝尔在读小学的时候，成绩一直排在班上第二名，第一名总是由一个名叫柏济的同学获得。

有一次，柏济生了一场大病，无法上学就请了长假。有人私下为诺贝尔感到高兴，说："柏济生病了，以后考试班上的第一名就非你莫属了!"诺贝尔听了并不因此而沾沾自喜。放学后,诺贝尔将他几天来在校所学的内容,做成完整的笔记,寄给了因病无法上学的柏济。到了学期末,柏济的成绩又赶了上来,在班里还是排名第一,诺贝尔则依旧排第二。

诺贝尔长大之后,致力于炸药的研究,并在硝酸甘油的研究方面取得了重大成就。他一生共获得数百项技术发明专利,并在欧洲、美洲等五大洲20个国家开设了约一百家公司和工厂,积累了巨额财富。

1896年12月10日,诺贝尔在意大利逝世。逝世的前一年,他留下了遗嘱。在遗嘱中他提出,将部分遗产(920万美元)作为基金,以其利息分设物理、化学、生理或医学、文学及和平5种奖金,授予世界各国在这些领域对人类作出重大贡献的人。据此,1900年6月瑞典政府批准设置了诺贝尔基金会,并于次年诺贝尔逝世5周年纪念日,即1901年12月10日首次颁发诺贝尔奖。

因为诺贝尔的开阔心胸与乐于分享的伟大情操,使他不但创造了伟大的事业,也让后人对他永远怀念。最后,大家都只记得当年在班上总是考第二名的诺贝尔,却几乎没有人知道那个永远考第一名的柏济。

从诺贝尔的故事中,我们可以看出,诺贝尔的成功,绝非只靠他的聪明

知识加油站

诺贝尔,瑞典化学家、发明家、军工装备制造商和炸药的发明者。诺贝尔一生拥有数百项发明专利,其中炸药为最为出名的一项。他生前有一句质朴无华的名言:"我更关心生者的肚皮,而不是以纪念碑的形式对死者的缅怀。"

才智,更重要的是他的心胸气度与乐于分享的情操。他能够了解别人的情感,懂得他们需要什么;他具有宽广的心胸,哪怕是面对竞争对手,

仍愿意伸出援助之手。他能够与竞争对手相互鞭策、相互勉励，从而使自己迈出更大的步子。

与竞争对手分享益处多

有句话是这样说的，成功不在于你战胜了多少人，而在于你帮助过多少人。你帮助过的人越多，交下的朋友就越多，成功的机会也就越大。男孩要学会与人分享，甚至是与竞争对手分享。与竞争对手分享会给你带来很多益处，主要的有以下几个。

1. 与竞争对手分享经验、交流方法，非但不会影响你的成绩，还会更加激励你的进取精神，提高你的学习能力。

2. 学会与竞争对手分享，是你的心胸开阔，是内心正能量的提升。做到这一点，你就已经在精神层面上达到了一定的高度。

3. 学会与竞争对手分享，会让你赢得包括对手在内的所有人的尊重，从而提升你的影响力和人格魅力。

与竞争对手分享，是分享能力中比较特殊的一种，它要求你有良好的心态，并且高于对手的精神境界，但只要你用心去做，一定可以征服包括对手在内的所有人。

善于谅解别人的错误

※ **情商培养点：理解朋友的感受**

有这样一句格言，"两个都不原谅对方细小过错的人，不可能成为好朋友。"是的，如果一些误会使友谊出现了裂痕，只有用宽容才能使之消弭。人这一生，要接触各种各样的人，结交众多的朋友。可以说，学会谅解别人的错误，是能够体谅他人情感的表现，既是情感真诚流露获取的心理满足，又是你结交朋友、赢得尊重的有效方式。

小磊和咚咚住在同一个小区，他们两个既是邻居，又是好朋友。平时的亲密自不必说，但是有一次，这对好朋友却因为琐事闹翻了，谁都不再理谁。

暑假到了，居住在同一个小区里的两个男孩难免要碰面，但是他们谁都没有讲话，都低着头走开了。甚至有一次，两个人坐同一趟电梯，也都没有说一句话。

大师如是说

有一种健忘是高贵的，就是不记旧恶。

——全球 MBA 巡展
总裁 赛蒙兹

时间长了，他们两个便开始觉得孤独了，甚至开始琢磨是不是自己太小气了，好朋友之间不应该计较那么多的。可是两个小男孩都很倔强，虽然这么想着，但是谁都不愿意先向对方说"对不起"。怎么办呢？想来想去，他们各自在心中，都想出了一个好主意……

小磊生日的时候，突然收到一张贺卡。这张贺卡很漂亮，他很喜欢，当翻到扉页时，他惊讶地发现署名居然是咚咚。

咚咚喜欢一本漫画书很久了，但由于太贵，没舍得买。有一天他上学时，发现书桌里放着那本他梦寐以求的漫画书，感到开心极了，然而当他看到漫画书里夹着的字条时，才知道这本书是小磊送给他的。

就这样，小磊和咚咚终于冰释前嫌，又成了无话不谈的好朋友。

生活中，我们经常会因小事而和别人斤斤计较，这样做，不仅会让自己显得很小气，还有可能会令我们失去朋友。男孩在和朋友交往时，不能太斤斤计较，而是要把自己的眼光放长远、心思放轻松。不管对什么事情，都要想得开、看得开，不要太计较。这样才能够让自己过得开心，让别人更喜欢你、更尊重你。

谅解别人的四种方法

生活中的每个人都有缺点。通常，我们最大的缺点便是看不到自己的弱点，却非常容易看到对方的缺点，这便会导致我们经常会无限制地放大别人的缺点，觉得别人的优点越来越少，这种做法会令你逐渐无法同别人进行交往。如果不想生活在孤独之中，男孩就一定要学会谅解别人，以下四种方法能够给男孩以启示。

1. 谅解就是不计较，事情过了就算了。每个人都有错误，如果执着于其过去的错误，就会形成思想包袱，不信任、耿耿于怀、放不开，从而限制了自己的思维和发展。

2. 谅解就是宽厚待人，容纳非议，是学业有成、陶冶情操的美满之道。事事斤斤计较、患得患失，生活压力就会变大。

3. 谅解是一种坚强，而不是软弱。要以退为进、积极地防御。所体现出来的退让是有目的有计划的，主动权掌握在自己的手中。无奈和迫不得已不能算宽容。

4. 谅解就是在别人和自己意见不一致时，也不要勉强他们都认同自己的看法和体会，我们要尊重他们的认识和体验。

当你发现别人的缺点时，可以在谅解的前提之下，以友好的态度去帮助他进行改正。在这样的基础上指出朋友的缺点，朋友会比较容易接受，这样才能与你共同进步。

感谢给你力量的人

❋ 情商培养点：懂得别人的恩情

人要拥有一颗知恩图报的心，学会接纳别人，更要学会认识自己。天空会因一丝云彩而更深邃，大海也将因一朵浪花而更澎湃。一双援助之手将拯救无数生灵，一点细心呵护将感化无数心灵。适当的时候，请伸出你援助的双手，用一颗感恩的心去对待他人，记住别人对自己的帮助，了解别人的需求，学会去帮助别人。让帮助过你的亲人、师长、朋友体味到你的知恩图报，这是一种情感的延伸和积淀。

美籍意大利物理学家费米，自幼聪慧。他十多岁就能独立解答高深的数学问题。中学时，他的学习就远远超出了学校规定的内容。1918年，费米考入比萨高等师范学院，他完成了一篇高质量的论文轰动了全校，并由此获得免费教育助学金。

费米生性好动，非常调皮，喜欢恶作剧，经常花很多时间玩耍。

费米18岁那年，有一天，老师正在兴致勃勃地讲课，同学们听得也很认真，只有费米在和同学拉赛蒂交头接耳，还不时搞一些小动作。

他们觉得书上的内容早已掌握，老师讲得也很乏味。他们在玩一枚自己设计和制作的臭气弹。

突然，"嘣"的一声，臭气弹爆炸了。顿时，教室里一片惊叫声，臭气充满了整个教室。课堂被搅乱了，老师愤然离开了教室。

这件事迅速传遍全校。许多老师纷纷向校长建议，将在课堂上恶作剧的费米开除。

这时，实验课老师普齐安及时站了出来为费米辩解。他大声说："费米搞臭气弹固然不对，但他是由于精力旺盛得不到知识上的满足，我们老师的责任是引导他，并给他以丰富的知识。"

普齐安深知费米的聪明，他说："这个小伙子将来肯定会成为一个了不起的人才！"由于普齐安的爱护，这才保住了费米的学籍。在此后的学习中，普齐安处处注意帮助和保护费米。

不久，普齐安了解到，费米所掌握的知识已经远远超过了自己，于是就请费米到家里来教自己理论物理学。费米见老师诚心相待，没有犹豫就答应了，并给老师开了一门关于爱因斯坦相对论的课程。

知识加油站

原子弹，是一种杀伤力很大的核武器，能够利用核反应的光热辐射、冲击波以及感生放射性造成杀伤与破坏的作用，同时还会造成大面积的放射性污染，能够阻止交战方的军事行动以达到战略目的。

普齐安对费米的爱护和器重，成为费米深入学习的巨大推动力。1922 年，费米以优异的成绩获得比萨大学物理学博士学位。1938 年，37 岁的费米荣获诺贝尔物理学奖。他在芝加哥大学参加并主持了第一个原子反应堆的设计和试验。接着他又参加了"曼哈顿计划"的实施，促成了世界上第一颗原子弹的诞生。

后来，费米在回忆他与普齐安的师生情谊时说："我的成就应归功于老师，归功于那枚臭气弹。"所以，男孩应该懂得感恩、善于表达自己的情感，这样的你在以后的道路上，当你回头遥望的时候，必将充满感动，看到一张张善意又亲切的笑脸。

学会知恩图报

"喝水不忘挖井人"的道理似乎人人知道，但每件事都想到感恩的也许不多。每每取得成绩，人们总想到的是自己吃了多少苦，经过了多少艰苦奋斗，才取得了如此的成果。他们从没想到过这成绩的取得是许多人集体的智慧，大家的帮助。所以，男孩当你取得成绩时，应该感谢帮助过你的人。男孩如何才能做到知恩图报呢？下面介绍几种方法。

1. 怀着感恩之心去做事。感恩之心是男孩应该具备的基本道德，要时刻将其记在心中。那种失去感恩之心，对父母的挚爱、师长以及朋友的关怀漠视的行为是绝对不可取的。

2. 时刻将别人的帮助记在心间。在获得别人的帮助之后，不要认为那是理所应当的，而是应该时刻将其记在心中，找机会进行回报。

3. 有机会时，为帮助过你的人做些事。当有机会对帮助过你的人进行回报时，一定要尽自己所能为他们做些事情，这样，你会获得更多的认可和帮助。

我们要时时将知恩图报的想法放在心间，"人人为我，我为人人"就是这个道理。如果每个男孩都能够把这个格言落实到行动上，我们的社会也必将更加和谐和欣欣向荣。

夸夸自己身边的人

❋ **情商培养点：善于发现别人的长处**

在生活中相信不少人都有这样的体会：最使你有好感的人或最好的朋友通常都是那些平常赞美你的人。原因很简单，别人赞美你，就是对你的尊重，就是懂得欣赏、肯定你的价值。谁不希望自己被尊重、肯定与欣赏呢？所以，你也应该常常赞美身边的人。每个人都有自己的优点，关键是要有人去发现这些优点。每个人都是千里马，你不妨就来做这个伯乐吧！

戴尔·卡耐基小时候在学校可不是一个听话的学生，因为调皮捣蛋、搞恶作剧，他几次都差点被学校开除。老师、同学都不喜欢他，他的父亲也为他大伤脑筋。

卡耐基9岁时，父亲再婚了。当时卡耐基家还是居住在乡下的贫苦人家，但他的继母则来自富有的家庭。

知识加油站

卡耐基，著名人际关系学大师，美国现代成人教育之父，西方现代人际关系教育奠基人，被誉为20世纪最伟大的心灵导师、成功学大师。

这天，卡耐基和继母第一次见面，父亲向继母介绍卡耐基说："亲爱的，希望你注意这个全郡最坏的男孩，他已经让我伤透了脑筋，但我对他无可奈何。说不定明天早晨以前，他就会拿石头扔你，或者做出你完全想不到的坏事。"

继母微笑着走到卡耐基面前，托起他的头认真地看着，然后对卡耐基的父亲说："你错了，他不是全郡最坏的男孩，是全郡最聪明、最有创造力的男孩。"卡耐基惊讶地睁大了眼睛。要知道，在那以前，从没有人称赞过他。

就是这句话，使得卡耐基和继母建立了友谊；也就是这句话，激励了卡耐基的一生，使他日后创造了成功的 28 项黄金法则，帮助千千万万的普通人走上成功和致富的道路。来自继母的这股力量，激发了卡耐基的想象力，激励了他的创造力，帮助他激发出了无穷的智慧，使他成为美国著名的企业家、教育家和演讲口才艺术家，成为 20 世纪最具影响的人物之一。

情商训练营

真诚地赞美别人

赞美别人，不是拍马屁，更不是阿谀奉承。夸你的朋友，是发自内心的赞美，而不是虚伪的应付。当你赞美别人的优点时，别人就能将这些优点放大。当你发现别人的闪光点，或者是分享别人哪怕是微不足道的成功时，你会让别人充满自信，给别人带来勇气。那男孩怎样才能做到真诚地赞美别人呢？你可以按下面介绍的几点去做。

1. 你自己要有能够发现别人优点的一双眼睛，尤其是隐藏得比较深的优点。

2. 你说话的时候要有一份诚挚的心及认真的态度，否则会让对方感到不快。

3. 赞美别人的话要诚实，让别人感觉你是在真的赞美他，不然就变成讽刺了。

男孩们，当你们赞美别人的时候，别人也会觉得和你很亲近，觉得你身上有种魅力，因为你有发现别人美的慧眼。这样，你不但给别人带来好心情，也在对方的心中埋下了美丽的种子。

学会聆听——同理心游戏训练

1. 游戏目标

了解别人的真实意思，构建同理心能力。

2. 规则简介

这个游戏总共需要 35～40 分钟。

3. 所需材料

无。

4. 游戏程序

活动内容	预计所需时间
向参与者介绍"同理心"， 并对本次训练活动进行讲述	5～10 分钟
两个人结成小组，一人讲述一个尴尬的情景， 另外一个人使用示范短语给予反馈， 然后两个人互换角色。	10 分钟
集体汇报总结	10 分钟
再讲述一个令人愉快的情景，并重复上述流程	10 分钟
共计	35～40 分钟

第八章　学会『读懂』他人——理解别人的感受

133

5. 特别说明

（1）对"同理心"这种能力进行描述，强调密切关注他人的重要性。

（2）两个人分成一组，一个人对另一个人讲述自己在学习、生活当中遇到的尴尬情况。另外一个人仔细聆听，并对对方感受及其产生这种感受的原因进行思考，帮助对方探索并认同这段经历。

（3）指导聆听者使用示范短语："你感觉……，因为……。""哇！那一定感到……。人们这么做时，很……。"

（4）告诉聆听者，他这么说话的目的是为讲述者提供一面镜子，促使讲述者反思这段经历及这段经历为其带来的变化，让其对照自己的行为，来判断如果出现不同的结果，该如何进行改变。聆听者不要替讲述者解决问题。

（5）让讲述者和聆听者在5分钟后互换角色。

（6）进行集体总结讨论时，提问以下问题：

①什么是更难确定的？

②自己有什么感受？

③为什么会出现这种感受？

④当自己准确表达感受以及意义时，对方有什么反应？

（7）运用积极快乐的情景，重复上述训练。

6. 游戏成效

通过"同理心游戏训练"，让游戏参与者学会了解别人的真实意思，并做出正确的回应，构建和谐的人际关系。

第九章

成为压力的主人

——承担压力不逃避

前纽约市市长鲁道夫·朱利安尼，在 2011 年 9 月 11 日的世贸中心恐怖袭击事件中，表现出了突出的领导才能。当时，他所面对的是美国面临过的最为紧张的局势之一。面对市民的震惊、迷茫和悲痛，他亲临现场，对警察、消防员以及其他救援人员进行安慰与激励，向人们传达对未来的乐观态度，为伤痕累累的城市提供鼓励与安慰……就这样，他通过积极应对压力而令自己闻名退迩。

情商专家巴昂是这样定义压力忍受度的："面对压力，能够积极主动去应对、承受，而不会'崩溃'……"

坚强的意志战胜挫折

❋ 情商培养点：挫折面前不要轻易低头

法国作家雨果说过："人生的大道上荆棘丛生，这也是好事，常人都望而却步，只有意志坚强的人例外。"当你遭遇压力时，敢作敢为，果断地采取办法排危解难，才称得上是真正的男子汉。可以说，抵抗压力能力的核心便是意志力的强大，如果没有意志力，其他抗压方法便无从谈起了。

萨姆纳出生在美国麻省甘敦城的一个富裕家庭。童年的萨姆纳是一个开朗聪明的孩子，长辈们希望他将来能够从政。然而，萨姆纳上学时除了物理和化学之外，几乎讨厌其他所有的科目，所以他的学习并不是很好。他热衷于郊游，常常约同学到野外去打猎。不幸的是，在他17岁那年，在一次打猎的过程中，朋友的猎枪走火，使他

知识加油站

萨姆纳，美国生物化学家。1887年生于马塞诸塞州，1914年获哈佛大学哲学博士学位。萨姆纳从1917年开始进行有关酶的研究。由于脲酶以及其他酶的研究工作，萨姆纳于1946年获得诺贝尔化学奖。

失去了左臂肘关节以下的半条胳膊。这一严重的打击曾一度影响他的情绪。处于强大的心理压力下，他不敢面对现实，把自己关在一个封闭的空间里，整天懊悔，痛恨为什么受到伤害的会是他！经过一段时间的调整，他决心正视现实，走自己应走的道路。他积极地锻炼右臂，把平时要用两臂完成的事，都尽量用右臂来完成。

他依然追求着自己的梦想，成了一个"自然科学迷"。他那一心盼他从政的老祖父曾多次来到学校，要求学校尽力帮助孩子树立起从政的决心。可是识才的校长并不以为然，他坦率地向老祖父表示了自己不同的看法。他奉劝老祖父放弃旧观念，任萨姆纳随着自己的理想和意志去发展。老祖父看到校长的态度，也就不再坚持自己的想法了。

萨姆纳靠着自己坚强的意志，于1906年考进了哈佛大学，毕业以后曾在他叔叔开的一家棉纺织厂帮过一段时间的忙，但这并不是从小就是自然科学迷的萨姆纳的志愿。后来，为了向康奈尔大学医学院的生物化学教授奥托·福林求教，他又毅然辞去瓦西斯特工学院的职务，来到了康奈尔大学。当独臂的萨姆纳出现在福林教授面前时，福林对这位很有理想的年轻人感到惋惜，他想：这位年轻人虽然有理想，但只有一条胳膊，要想在化学上做出成绩，难度是不可想象的。随即用一种惋惜的语气说："年轻人，我建议你还是去学法律吧！"

对化学有着浓厚兴趣的萨姆纳，在祖父的家训面前没有屈服，在福林教授的规劝面前依然没有退却，他果断地说："不，我要攻读生物化学。"面对着这么一位有决心的年轻人，福林教授被征服了。于是，克服了重重压力的萨姆纳又开始了新的征程，并很快取得了优异的成绩。

"酶"这一领域，在当时差不多还是一块"处女地"，对于萨姆纳来说，没有多少可以借鉴的东西，困难是难以想象的。然而充满信心的萨姆纳丝毫没有动摇，他以惊人的毅力、不屈不挠的精神和极大的决心向着自己的目标奋斗着！有志者事竟成，不屈不挠的萨姆纳终于在

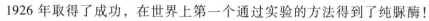

1926 年取得了成功，在世界上第一个通过实验的方法得到了纯脲酶！

萨姆纳虽然失去了一只手臂，但是他敢于面对现实，用自己坚强的意志，战胜了重重压力，实现了一次又一次的超越。

坚定意志有技巧

生活中，我们会遇到大大小小、这样那样的困难。这就要求男孩具有坚强的意志，如果遇到困难便害怕、逃避，你就不可能成功。下面向男孩介绍三个培养坚定意志的小方法。

1. 积极主动，把注意力集中于未来。在遇到阻力时，想象自己在克服它之后的快乐；积极投身于实现自己目标的具体实践中，你就能坚持到底。

2. 下定决心。无论遇到何种困难，都坚持自己的意愿和信念，并为实现自己的目标规定期限。

3. 坚强的意志是逐渐积累的。生活中不可避免地会遇到挫折和失败，必须找出使自己斗志涣散的原因，才能有针对性地解决。

男孩要从小就开始培养不怕困难的信心，遇到困难不退缩，在学习和生活中一点一滴地磨炼自己的意志，把自己塑造成为一个勇于迎难而上的男子汉。

苦难让你成长和坚强

❈ **情商培养点：从苦难中学会坚强**

在苦难面前，往往是弱者越弱，强者越强；一个人面对苦难，不是被它击倒，便是变得更加坚强。所以说，在苦难、挫折面前勇敢地迎难而上，才能让你变得坚强刚毅，锻炼你的抗挫折能力。

一百多年前，一个男婴降生在一个普通的木匠家庭里，他的全名叫阿列克赛·马克西莫维奇·彼什科夫。

彼什科夫的童年几乎总是与不幸连在一起。5 岁那年，他的父亲去世了，母亲只好带着他投奔开染坊的外祖父。外祖父家的人口多，家里开销大，然而赖以生存的染坊却越来越不景气了，一大家子人的生活非常艰难。

> **知识加油站**
>
> 马克西姆·高尔基，社会主义和现实主义文学奠基人，苏联文学的创始人。参与了俄国社会主义革命，他的优秀文学作品和论著成为全世界无产阶级的共同财富。代表作有《海燕》《母亲》《童年》《在人间》和《我的大学》等。

在彼什科夫 10 岁那年，不幸的事情又发生了——母亲因为一场急病离开了人世。紧接着，外祖父的染坊又面临破产。无奈，彼什科夫只好辍学进了一家鞋厂当学徒。他每天不停地擦鞋、干杂活，老板还不让他吃饱饭；如果干活慢一点，就要受到老板的打骂。

彼什科夫实在不堪忍受，便离开了鞋厂，来到一条船上当了洗碗工。在那里，他干活十分卖力。船上有个胖厨师非常喜欢他，一有时间就给他讲故事，还把自己的书借给他看，这使彼什科夫感到非常温暖。可是，有一次，他在烧茶时，因为看书看得太入迷，不小心把茶炉烧坏了。船主一边打一边喊叫着："你干活竟敢看书，我打死你！"最后，他被船主辞退了。

不久，彼什科夫来到一家画铺当帮工。一天，他干完活后回到房间看书。突然，女店主闯了进来，凶狠地骂道："穷小子，不好好睡觉还看书，浪费我的蜡烛！"她一边骂一边用木棍狠狠地打他。

女店主为了不让彼什科夫看书，限定他每天只能点一小段蜡烛。"你一天只能用这么一点蜡烛，超过了，我就打死你！"女店主恶狠狠地警告彼什科夫。为了能够多看一会儿书，他刮下蜡烛燃烧时流到底座里的蜡油，自己动手做了一支小蜡烛。深夜，他就点燃这支小蜡烛看书。

苦难并没有将彼什科夫击倒，在艰苦的环境中，他更加努力、更加坚强、更加执着地对待生活。他始终都没有退缩，而是勇敢地迎接着生活给予他的一切。最终，他成为了一位文学巨匠，他就是苏联著名作家马克西姆·高尔基。

正视生活中的苦难

成功者的一大优点是，他们能够乐观地面对艰难的遭遇，百折不挠，坚持笑到最后。男孩就要像一只小雄鹰，虽然翅膀稚嫩，但却在长空里顽强地搏击暴风骤雨。下面就为男孩提供两种正视苦难的方法。

1. 认识到生活是幸福和苦难的统一体。生命之美总是与生活之苦结伴同行。人的一生不可能总是一帆风顺，也不可能总是遭遇激流。当遇到苦难时，不要感到沮丧、气馁。

2. 学会笑着面对苦难。生活不仅会教你笑，同样也会让你体会泪水的苦涩。因此，我们要学会微笑着去接受这一切，而不是遇到一点点苦难就断定生活如暗夜行路，永远是无尽的黑暗。

每个人的生命中，既有一些暗淡无光的日子，又有一些阳光明媚的坦途，正是这些苦难的存在，使我们发现了快乐的真谛；也正是这些幸福的指引，使我们渡过了那些暗无天日的苦难。男孩要正视苦难，不要因为遭遇了苦难而消极、低落。

微笑面对人生中的阻碍

❋ 情商培养点：微笑着面对困难

当面对压力的时候，不要认为幸福距离自己很远。生活中的困难不能将我们吓倒，只要用心去体会，我们就能感到，幸福无处不在。学会微笑吧，人们彼此间的一个微笑，如同早上的一缕阳光，能够让人感觉到生命的光辉。微笑是一种心态，也是一味良药，能够让你从容地应对生活中的挫折。

马克·吐温年幼的时候，家里雇用了一个名叫山弟的黑人孩子。山弟的父亲，是他唯一在世的亲人。有一年，山弟的父亲去世了，山弟非常悲伤，他经常一个人在大树下发呆。山弟毕竟也是个孩子，没过几天，从他的表情上已看不出那么伤心了。有一天，他突然高兴起来了，心情看上去很不错，还哼着小曲。马克·吐温感到难以理解，就去问母亲："您说山弟失去了亲人，应该很痛苦，可怎么这么快他又高兴起来呢？山弟是不是个无情的人啊？"母亲摇摇头笑着说："其实，山弟是个勇敢的孩子！家里发生那么大的事，一个人默默地承受着。看他前几天老是发呆，我还真替他担心呢！现在他总算渡过那段伤心的日子了，我们应该为他高兴才对呀！"马克·吐温于是似懂非懂地点点头。

在以后的日子里，马克·吐温经常想到这件事，想到发呆时的山弟，又想到欢笑中的山弟，他觉得还是快乐中的山弟更可爱些。从那之后，马克·吐温开始尝试分析每个人的心理，揣测人的感情。他认为世上的欢乐有时要自己去寻找，或者自己去创造，像山弟，他唯一的亲人永

知识加油站

马克·吐温，美国著名作家、幽默大师、小说家、演说家，19世纪后期美国现实主义文学的杰出代表。代表作有短篇小说《竞选州长》和长篇小说《汤姆·索亚历险记》《哈克贝利·费恩历险记》等，语言诙谐、幽默，手法夸张。

远离开了他，当然是很痛苦的事情，但如果一味地痛苦下去又是很伤身体的，所以山弟做得对，应该想办法从痛苦中解脱出来，高兴地面对生活。

马克·吐温11岁时，他的父亲也不幸去世了，顿时家里笼罩在一片愁云中，生活也一度陷入困境。从那以后，马克·吐温去了一家报社开始打工。他每天要做完一个成年人那么多的活儿，老板却只付给他一

个童工的薪水，三餐顿顿吃不饱，晚上没有床只能睡在地板上。可是，马克·吐温却没有因此而对生活失去信心，他总是在艰苦的生活中寻找乐趣，每天乐呵呵地做着单调而乏味的活儿。当别人问他为什么这么快乐时，他总是回答："工作是一种回报，我从工作中能学到东西，这也是一种收获，为什么不高兴呢？"

确实如此，马克·吐温在打字排版的过程中，阅读了很多文章，并从中学到不少知识，这为他后来的文学创作打下了基础。马克·吐温一生始终保持着纯真、乐观的个性，他用诙谐、幽默的文字创作了《汤姆·索亚历险记》和《哈克贝利·费恩历险记》等名著，字里行间充满了人情味和爱的温暖，给人们带来了智慧和快乐。

当自己一切顺利的时候，微笑地享受生活的美好，这是对自己的奖励；当自己遇到挫折时，微笑地面对困难，能使自己重新树立生活的信心；当朋友陷于困境时，给他一个微笑，这是对他最大的鼓励；当朋友之间产生误会时，给对方一个微笑，便是误会烟消云散的最好方法。

做一个笑对挫折的人

面对挫折的时候，男孩要牢记：你是自己命运的主人，只有你才能把握自己的心态，而你的心态则塑造着自己的未来。我们能够把扎根于人心灵中的思想和态度转化成有形的现实。男孩，学会笑对挫折吧，这样能够让你更加坚强，能够让生活更加充满阳光。男孩要想做一个笑对挫折的人，要做到以下几点。

1. 不是每个人都是幸运的，人生难免遇到挫折，遇到时请不要垂头丧气、怨天尤人，拿出你不服输的勇气去迎接挑战。

2. 生活中常常会有很多压力，久而久之这种压力将会使你迷失自我，使你缺乏信心、没有一个坚定的信念，此时我们要及时走出内心的阴影，否则后果不堪设想。

3. 多看多读多学古今中外对社会作出过贡献或影响过人类文明的人物，仔细分析他们笑对挫折的成功之处，注意要取其精华，去其糟粕。

当面对挫折的时候，悲观的人凭借一时的呻吟与哀号，虽然能够得到短暂的同情与怜悯，但最终却只能得到别人的鄙夷与厌烦；乐观上进的人，经过长久的忍耐与奋斗、努力与开拓，最终赢得的将不仅仅是快乐，还有那些饱含敬意的目光。

勇敢地进行尝试

❋ 情商培养点：勇敢尝试可能更有希望

人生充满了无限的可能性，没有尝试，怎么能轻言放弃呢？乌云遮不住太阳的光辉；擦去蒙在金子表面的浮尘，它依旧光彩照人。所以，一定不能被心中的恐惧所吓倒，要勇敢地去尝试、去面对，用自己的努力去证明你的强大，这样，困难自然也就弱了起来。

从前，有一位非常富有的巴格达商人指派自己的仆人去市场购物。当那个仆人到了市场之后，忽然感到人群中有人推挤了自己一下，于是他回头一看，发现推自己的是一位身着黑袍的老妇人。他心中很清楚那便是"死亡"。于是仆人吓得赶紧跑回家去。他一面发抖，一面和主人诉说自己刚才的遭遇，连"死亡"是怎样用奇特的眼神盯着他，并且面露威胁的表情都和主人说得一清二楚。

仆人向主人乞求，希望主人能够借一匹马给他，好让他骑着逃到撒哈拉去，免得"死亡"再次找到他。听了他的话后，主人同意了，借了一匹快马给他。于是仆人立即上马飞驰而去。

等到稍晚的时候，商人亲自来到了市场，看到"死亡"就站在市场附近。于是商人对它说道："你为什么要作出威胁的神情来恐吓我的仆人？"

"那并不是威胁的神情，" "死亡"回答说，"我只是感到很奇怪会在巴格达遇到他，我们明明是今晚要在撒哈拉见面的。"

知识加油站

巴格达，伊斯兰世界历史文化名城，伊拉克的首都，巴格达省的省会。巴格达这个名称来源于波斯语，是"神的赠赐"的意思。

即便是骑马逃亡，却仍旧难以摆脱"死亡"的追击，这说明，有些时候我们越是害怕，越是不希望某种事情发生，它便越可能发生。其实要是鼓起勇气，勇敢地去面对、去尝试，反而可能会更有希望。

在追求成功的道路上，遭遇困难和打击是不可避免的。聪明的人把它们看做机会，迎难而上。在一次次战胜困难的过程中，他们的能力提升了，信心增强了，同时也证明了自己。总之，我们要依靠自己的力量取得成功，在困难中磨砺自己，把遇到的困难看成磨炼意志、提高自我的机会。

带上方法去勇敢尝试

几乎每一个取得成就的人，都会有一段勇于尝试的经历。有人说，成功的人生自尝试开始。尝试便是探索，没有探索便不会有创新，没有创新也就不可能有成就。所以说，尝试是成长的必修课。男孩在做事时，要勇于尝试、敢于创新。

1. 不要因为别人的不认可就产生自卑心理或不良情绪。你要知道，人生的目的并不是为了取悦别人，而是要坚持走自己的路。

男孩情商书——让男孩越来越出息的70个成长故事

2. 尝试需要有好奇心和自信心。好奇也就是对现实生活中一些现象感兴趣，想着去研究它、钻研它。

3. 要有勇气。因为每当开始做一件事情，我们都不可能知道面临的困难有多大，会有多少不可料及的事情发生，这就需要我们有足够的勇气，相信自己有能力克服困难、战胜挫折。

面对挫折时，我们不可以一蹶不振，而要勇敢奋斗，勇于尝试，向其挑战。将每一次挫折都当成是对自我意识和决心的考验。我们需要从挫折中总结经验教训，而不是因为惧怕受到伤害而放弃了近在咫尺的成功。

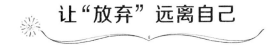

让"放弃"远离自己

✿ 情商培养点：不轻言放弃

俄国哲学家车尔尼雪夫斯基说过："一个没有受到献身的热情所鼓舞的人，永远不会做出什么伟大的事情来。"当处于困难时期时，不要把渺茫的希望寄托在别人的身上。相信自己，勇敢去面对，不轻言放弃，你自己就是自己的上帝。所以，只要心中一直怀着永不放弃的信念，前方的挫折都会在你的努力下被一一解决的。

有这样一个贫穷的工人，他在农场干活时，不小心打破了一个花瓶。那是农场主人心爱的东西，农场主人非常生气，要求他赔偿。但是三餐都成问题的工人，哪里赔得起这么昂贵的花瓶。于是，走投无路的工人来到教堂，向神父请教解决的办法。

仁慈的神父听完工人的诉说后，他说："听说有一种能将碎花瓶粘好的技术，不如你去学习这种技术，只要能将这个花瓶修补、复原，事情不就解决了？"工人听完后却摇了摇头，说："哪有这么神奇的技术？要把这个碎花瓶粘得完好如初，根本就是不可能的事。"神父指引他说："这样吧！教堂后面有一个石壁，上帝就待在那里，只要你对着石壁大声说话，上帝便会答应你的要求，去吧！"

于是，工人来到石壁前，大声对着石壁说："上帝，请您帮帮我，只要您愿意帮助我，我相信，我一定能将花瓶粘好！"工人的话一说完，上帝便立即回应他："一定能将花瓶粘好！"工人真的听见了上帝的承诺，于是，他充满自信地向神父辞别，去

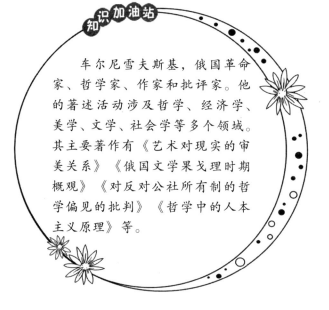

知识加油站

车尔尼雪夫斯基，俄国革命家、哲学家、作家和批评家。他的著述活动涉及哲学、经济学、美学、文学、社会学等多个领域。其主要著作有《艺术对现实的审美关系》《俄国文学果戈理时期概观》《对反对公社所有制的哲学偏见的批判》《哲学中的人本主义原理》等。

学"复原花瓶"的高超技术了。几个月以后，经过认真地学习与不懈地努力，他终于学会了粘碎花瓶的技术。最后他将农场主人的花瓶复原得天衣无缝，令人赞叹！

这天，他将花瓶送还给农场主人后，再次来到教堂，准备向上帝道谢，谢谢他给予的帮助与祝福。神父将他再次带到教堂后面的石壁

前，并笑着对诚恳的工人说："其实，你不必感谢上帝。"工人不解地看着神父："为什么不必感谢？要不是上帝，我根本无法学会修补花瓶的技术！"神父笑着说："其实，你真正要感谢的人，是你自己啊！因为，这里根本就没有上帝，这块石壁具有回音的功能，当时你听到的'上帝的声音'，其实就是你自己的声音啊！而你，就是你自己的上帝。"

主宰自身命运的不是别人，而是自己，只要我们怀着必胜的信念，永不言弃，将自己的潜能发挥出来，我们的愿望就可以实现。若只知道等待别人的帮助，期待天上掉馅饼，那么你永远也不会有成功的一天。

永不言弃的养成诀窍

宋代文学家王安石曾经说过："世之奇伟、瑰怪、非常之观，常在于险远，故非有志者，不能至也。"是啊，山峰最险峻的地方，往往也是风光最好的地方。如果不具备永不言弃的坚毅精神，又怎么能够"会当凌绝顶，一览众山小"呢？男孩在做事时，要具有永不言弃的精神，这样才能够看到人生路途上最美的风景。男孩要养成永不言弃的精神，要做到以下几点。

1. 正确认识挫折，要懂得生活中随时可能遇到挫折，只有通过克服困难，你的本领才会越来越大。

2. 要给自己制订目标。有了目标，就有了奔头儿，就会为实现目标而去努力，从而激发自己的坚毅和战胜困难的勇气。

3. 在实践中及时得到他人的认同，体验到成功的快乐，就会树立起自信心，不会轻言放弃。

4. 多读一些古今中外的名人轶事，学习他们如何吃苦耐劳、坚持不懈，最终取得了成功。向故事中的榜样靠拢，坚持不懈地努力，最终取得自己的成功。

假如希望的风帆被命运折断，请不要绝望，因为彼岸还在。在理想的道路上，男孩不要过多去想自己能否成功，既然选择了远方，就要永不言弃！

预知问题活动——承压游戏训练

1. 游戏目标

让游戏参与者能够预知问题、恰当地处理问题，从而控制压力。

2. 规则简介

这个游戏总共需要30~50分钟。

3. 材料预备

笔和纸。

4. 游戏程序

活动内容	预计所需时间
列举、选择让人感觉到压力的活动	5~10分钟
讲述压力具体表现在哪些方面	5~10分钟
确定缓解压力的策略	5~10分钟
与同组的同伴进行分享	10分钟
集体汇报总结	5~10分钟
共计	30~50分钟

5. 特别说明

（1）分发纸和笔。

（2）要求游戏参与者列举学习、工作中的3项最具压力的活动。

（3）要求游戏参与者从中选择一项，继续进行下面的活动。

（4）要求游戏参与者写出压力形成的一系列征兆。

（5）要求游戏参与者写出，可以减轻或是缓解压力的事情。可以看下面的选项提示自己。

①与问题的关键人物讨论这件事情，令其知晓自己的期望以及付出的努力。

②做事之前，留出富裕的时间，以应对突发的事件。

③反复爬楼梯，并进行深呼吸。

④向老师、家长、同学、朋友寻求帮助。

⑤适当地将注意力转移到其他事情上面。

（6）两人一组，分享自己的感受，比如什么情况下自己会受到紧张性刺激；讨论他们愿意通过哪些方法来缓解压力。

（7）集体汇报总结，这时可以提问：

①通过讨论收到了什么建议。

②自己喜欢又没有想到的建议是什么。

6. 游戏成效

通过"承压游戏训练"，帮助游戏参与者认识计划在应对压力时的作用；通过有效的管理，来避免或者是缓减压力。

第十章
保持理性的勇敢
——克制冲动情绪

美国影片《杀死一只反舌鸟》中的律师阿提克斯·芬奇是一位具有出色冲动控制能力的人。当被人用最为卑劣的语言嘲弄，甚至被人吐痰的时候，他都表现出了极强的冲动控制能力，没有让想挑起争斗的人的阴谋得逞。

情商专家巴昂是这样定义冲动控制的："能够抵制或者是拖延一种冲动、内驱力或者是行动倾向。具体来讲，它包括可以忍受别人的进攻性冲动，控制敌对、侵犯以及不负责任的行为。挫折忍受力低、行事鲁莽、出言不逊、脾气火暴、做出反常行为等都是缺乏冲动控制能力的体现。"

要避免意气用事

※ 情商培养点：不要意气用事

大多数成功者，都是对情绪能够收放自如的人。这时，情绪已经不仅仅是一种情感的表达，更是一种重要的生存智慧。如果控制不住自己的情绪，随心所欲，就可能带来毁灭性的灾难。情绪控制得好，则可以帮你化险为夷。

一头驴子和一头野牛很要好，它们经常在一起玩耍、吃草。一天，它们发现一个农夫的果园里有绿油油的青草，还有成熟的果子。于是它们偷偷地进入果园，在里面悠闲地吃着地上的青草和树上的果子。园丁一点儿也没有察觉。驴子吃饱后，很想引吭高歌一曲，野牛就对驴子说："亲爱的朋友，你就忍耐一下，等我们出了果园，你再唱歌吧！"

知识加油站

引吭高歌，这是一个成语，其中引的意思为拉长，吭的意思为嗓子、喉咙。引吭高歌的意思便是放开嗓子大声地歌唱。

驴子说："我现在真的很想唱歌，作为朋友，你应当支持我才行！"

"可是，可是，要是你一唱歌，园丁就会发觉，我们就跑不掉了！"

驴子觉得野牛根本不能理解自己现在的心情，它说："天下再也没有什么比音乐和歌曲更优雅、更能感动人的了。可惜你对音乐一窍不通，我怎么找了你做朋友呀？"

驴子终于还是没有接受野牛的建议，开始高歌起来。它一唱歌，园丁马上发现了驴子和野牛，就把它们全都逮住了。

驴子的冲动，既害了朋友，又害了自己。驴子想唱首歌表达自己兴奋的心情，这也是可以理解的。但是，为了一时的宣泄而不顾情境是否危急，一时兴起就放纵自己，以致酿成了悲剧。

每个人都有冲动的时候，尽管它是一种很难控制的情绪。但不管怎样，你一定要牢牢控制住它。否则一点细小的疏忽，就可能贻害无穷。

让"意气用事"远离自己

男孩们，也许你无端受到指责和误解；也许你一着不慎，在人生之路上迷失了方向；也许你的心正经受着痛苦的煎熬，你的精神正在崩溃的边缘徘徊。但是，千万要记住认真对待，学会控制，一定要让"意气用事"远离自己。男孩要想让"意气用事"远离自己，必须做到以下几点。

1. 原谅他人的勇气。生活中每时每刻，都可能会发生不愉快的事情。如果这些不愉快的事情没有得到及时处理，日积月累，负面情绪便会产生。所以男孩一定要有原谅他人的勇气，将产生负面情绪的根源扼杀在摇篮里。

2. 勤奋学习的勇气。当遇到了不愉快的事情时，男孩可以采取转移注意力的方法，将精力集中到学习上面，这样能够让自己避免钻牛角尖，从而阻止"意气用事"、乱发脾气的情况出现。

3. 坚持下去的勇气。要避免"意气用事"，男孩还必须具备坚持下去的勇气。坚持锻炼自己怒火当前，仍旧可以平心静气的能力，这样久而久之，"意气用事"自然也就远离你了。

一个巨大的成功，有时可能就是性格深处的一次微小的嬗变，这种嬗变就源于优良性格的培养与拙劣性格的摒弃。男孩无论做什么事都要三思而后行，避免单凭自己的一时之气，造成不堪设想的后果。

学会给自己"灭火"

❀ 情商培养点：不要轻易发脾气

人不可能完全避免坏情绪，可是，如果为了一些和自己没有任何关系的人让自己情绪变坏，并受制于它，这是十分愚蠢的。可以说，学会为自己的暴躁情绪"灭火"，是消除负面情绪的有效方法。

一个叫明明的小男孩，脾气很暴躁，总也控制不住自己对亲人和朋友发脾气。父亲为了改变他这种状况，一天拿过一大把铁钉和一把修拖拉机时用的小锤子对他说："明明，你以后想要发怒的时候就跑到门口的那根粗木桩那里，用这把锤子狠命地砸进去一颗钉子，想发怒一次就钉一颗钉子。"

明明很高兴地接过了钉子和锤子。于是每当他想发怒的时候就跑到家门口的木桩那里，狠命地砸进去一颗铁钉，最多的一天他向木桩里钉进去了100颗钉子。每当他没有了钉子就找父亲要，父亲很爽快地就给他了。慢慢地，明明对钉钉子感到非常厌烦了。

有一天父亲对他说道："明明，每当你感到心情不错时就从木桩上取下一颗钉子吧!"听了父亲的话,明明就走到木桩那儿取下了一颗钉子。他发现,取出钉子要比钉钉子难多了。可从那一天开始,明明每天往木桩上钉的钉子越来越少了,而取出的钉子越来越多了。终于有一天,他不再向木桩上钉钉子了。那天,父亲亲切地表扬了他,明明心里喜滋滋的。

直到有一天,明明把所有的钉子都取出来了。父亲带他来到那根粗木桩跟前,对他说道:"你知道取钉子为什么比钉钉子难吗?这是因为对一个人发怒是一件很简单的事,可想要重新获得友谊却很难。你再看看这根木桩,虽然你把所有的钉子都取了出来,可你钉钉子留下的伤痕却永远去不掉了。不要轻易伤害你的亲人、

大师如是说

成功的秘诀就在于懂得怎样控制痛苦与快乐这股力量,而不为这股力量所反制。如果你能做到这点,就能掌握住自己的人生;反之,你的人生就无法掌握。

——成功导师
安东尼·罗宾斯

朋友,因为这种伤害即使再怎么弥补,不论再过多少年,伤痕也很难抚平。"

很多男孩总是控制不住自己的暴躁脾气,并错误地以为这是一种男子汉气概,动不动就想发火。但你知不知道,你每发一次脾气,在别人的心灵上留下的创伤需要很长一段时间才能磨灭,甚至到永久。实际上,发火只能关闭一扇扇本来向你敞开心灵的大门。如果你失去一次和别人平等交流的机会,以后再走近他们就很难了。

改掉暴躁易怒的脾气

有些男孩脾气暴躁，容易发火。这在很大程度上是因为心中积累了火气，并且没能找到良好的发泄途径造成的。在遇到烦心的事情时，只要能够冷静下来多进行思考，并寻找到解决问题的方法，便能够改掉暴躁易怒的脾气了。具体来说包括以下四点。

1. 正视自己的坏脾气，寻求他人帮助。如果周围的人经常提醒、监督你，那么一定会让你改掉暴躁易怒的毛病。

2. 无论遇到什么事，都应该心平气和，冷静地、不抱成见地让对方明白你的言行，而不应该迅速地做出不留余地的回击。

3. 凡事要将心比心，就事论事。如果任何事情。你都能站在对方的角度来看问题，那么很多时候，你会觉得没有理由迁怒于他人，自己的气自然也就消了。

4. 对人不斤斤计较，更不要打击报复。当你学会宽容时，爱发脾气的毛病也就自行消失了。

想要通过发脾气来产生威慑力的行为，不仅会伤害到别人的感情，而且也不能很好地解决问题。所以，男孩一定要改掉暴躁易怒的坏脾气，学会良好沟通、正确发泄。

抱怨别人是给自己找麻烦

印度诗人泰戈尔说过："每个人如果都越出常规，不但会有意无意地伤害了自己，而且会丧失自己对别人行善的力量。"你想在别人身上发生很多倒霉的事情，恶意地抱怨和诅咒别人，结果反而会让你自己陷入痛苦中不能自拔。所以，一定不能让爱抱怨、发牢骚这样的负情绪长时间地笼罩在自己身上，因为这不仅不利于交往和沟通，甚至还会危及你的心理健康。

8岁的石小虎放学以后气冲冲地回到家里，进门以后使劲地跺脚。他的父亲正在院子里干活，看到小虎生气的样子，就把他叫了过来，想和他聊聊。

小虎不情愿地走到父亲身边，气呼呼地说："爸爸，我现在非常生气，李龙以后甭想再得意了。"石小虎的父亲一面干活，一面静静地听儿子

知识加油站

泰戈尔，印度诗人、哲学家和印度民族主义者，第一位获得诺贝尔文学奖的亚洲人。他的诗中含有深刻的宗教和哲学见解，他的诗在诗坛享有史诗的地位，代表作有《吉檀迦利》《园丁集》《飞鸟集》等。

诉说。石小虎说："李龙让我在朋友面前丢脸，我现在特别希望他遇上

几件倒霉的事情。"

父亲走到墙角，找来一袋木炭，对石小虎说："儿子，你把前面挂在绳子上的那件白衬衫当做李龙，把这个塑料袋里的木炭当做你想象中的倒霉事情。你用木炭去砸白衬衫，每砸中一块，就象征着李龙遇到了一件倒霉的事情。我们看看你把木炭砸光了以后，会是什么样子。"

石小虎觉得这个游戏很好玩，他拿起木炭就往衬衫上砸去。可是衬衫挂在比较远的绳子上，他把木炭扔完了，也没有几块扔到衬衫上。

父亲问石小虎："你现在觉得怎么样？"他说："累死我了，但我很开心，因为我扔中了好几块木炭，白衬衫上有几个黑印子了。"

父亲看到儿子没有明白他的用意，于是便让石小虎去照照镜子。石小虎在大镜子里看到自己满身都是黑炭，脸上只剩下牙齿是白的。

父亲这时说道："你看，白衬衫并没有变得特别脏，而你自己却成了一个'黑人'。你想在别人身上发生很多倒霉的事情，但是它们也同样在你自己身上留下了难以消除的污迹。"

有时候，我们的坏念头虽然在别人身上兑现了一部分，别人倒霉了，但是也同样在我们身上留下了难以消除的污迹。其实，没有必要为了任何人抱怨，因为那些让你抱怨的人，根本不会在乎你的抱怨。既然这样，又何必自寻烦恼呢？自己过得开心才是最重要的。

情商训练营

让抱怨远离你的四个小方法

有些男孩总是喜欢抱怨个不停，似乎生活中的任何一件事情都足以引起他们不满。其实这种抱怨的做法是非常不明智的，因为它不仅解决不了问题，还会令人对自己产生抵触情绪。如果想要成功解决问题，男孩不妨按照下面所说的四点，来改变自己爱抱怨的坏习惯。

1. 憧憬未来。经常憧憬美好的未来，能让你始终保持奋发进取的精神状态。始终相信困难即将克服，曙光就在前面，相信未来会更加美好。

2. 向人倾诉。遇到烦心事时，你可以向亲人、朋友倾诉，把心中的苦处和盘倒给知心人，这样不仅能得到安慰和解决办法，心胸也会像打开了一扇门--样明朗。

3. 拓宽兴趣。人的兴趣越广泛，适应能力就越强，心理压力就越小，生活就越丰富、越充实、越有活力。

4. 宽以待人。人与人之间总免不了有这样或那样的矛盾，朋友之间也难免有争吵、有纠葛。男孩应该与人为善，宽大为怀，绝不能有理不让人，无理争三分。

男孩在不停抱怨，或者是处于抱怨情绪中时，他们整个身心都处于一种无力的状态，势必会让做事的效率变得更低。所以，当学习和生活中遇到不顺心的地方时，男孩不妨学学上面提到的方法，将没完没了的抱怨终止掉，将更多的精力投入到寻找解决问题的方法上去。

发火之前跑三圈

※ **情商培养点：将怒火消灭在萌芽中**

生活中总是有一些人心胸不够开阔，一点点小事就足以让他们心烦意乱。当别人无意中惹到他们时，他们总是抱着斤斤计较的心态，摆出一副寸土必争的姿态去面对。他们做人的原则就是一点小事也得计较，但实际上这种人往往最容易受伤。

在古老的西藏，有一个叫爱地巴的人，他每次生气和人起争执的时候，就以很快的速度跑回家去，绕着自己的房子和田地跑三圈，然后坐在田地边喘气。爱地巴工作非常勤劳努力，他的房子越来越大，田地也越来越广，但不管房地有多大，只要与人争论生气，他还是会围着房子和田地跑三圈。爱地巴为何每次生气都围着房子和田地跑三圈呢？

所有认识他的人，心里都很疑惑，但是不管怎么问他，爱地巴都不愿意说明。直到有一天，爱地巴老了，他的房地又已经扩大，他生气时拄着拐杖艰难地绕着田地跟房子走，等他好不容易走完三圈，太阳都已下山了。爱地巴独自坐在田边喘气，他的孙子在身边恳求他："阿公，您已经年纪大了，这附近地区的人也没有人的田地比您的更大，您不能再像从前，一生气就绕着田地跑啊！您可不可以告诉我，为什么您一生气就要绕着田地跑三圈？"

爱地巴禁不住孙子的恳求，终于说出了隐藏在心中多年的秘密。他说："年轻时，我一和人吵架、争论、生气，就绕着房地跑三圈，边跑边想，我的房子这么小，田地这么少，我哪有时间、哪有资格去跟人家生气？一想到这里，气就消了，于是就把所有时间用来努力工作。"

大师如是说

照耀人的唯一的灯是理性，引导生命于迷途的唯一手杖是良心。
——德国诗人 海涅

孙子又问："阿公，您年纪大了，已经变成最富有的人了，为什么还要绕着房地跑？"

爱地巴笑着说："我现在还是会生气，生气时绕着房地走三圈，边走边想，我的房子这么大，田地这么多，我又何必跟人计较？一想到这儿，气就消了。"

一个度量狭小、动不动就生气发火的人，会有谁敢靠近你？反之，一个能够克制自己的情绪，能够以实际行动理解、包容别人的人，不仅可以让自己少生气，还可以告诉别人你的胸怀和气度是一般人所无法企及的，那么在不知不觉中，你便会赢得他人更多的尊重。

及时将怒火熄灭

如果有人说了让我们生气的话，或者是做了令我们生气的事，我们便会感到很痛苦，想要用同样的方式去激怒对方，让对方也同样受苦，仿佛只有这样才能让自己觉得痛快一些。事实上，这种行为是很幼稚的。这个时候，理智的男孩要及时熄灭自己的怒火，避免因为一时冲动做出错事。那么如何及时将怒火熄灭呢，男孩可以参照以下几种方法。

1. 如果你生气了，那就不妨承认。男孩们，如果你生气了，那么不妨承认吧。这能够促进你进行思考，找出问题的根源在哪里。一旦找到自己为什么生气的根源，那么，便有了寻找解决问题方法的切入点。

2. 不要苛求自己和别人。或许你是完美主义者，但是切记，千万不要因为事物不够不完美而去苛求自己或者是别人。那样不仅会徒增自己的压力和怒气，还会给别人带来过多的压力，而令别人远离自己。

3. 紧急降温、保持冷静。感觉自己就要情绪失控了吗？慢着！千万不要就这样发泄出来。从现在开始，凝神吸气，从 1 数到 10，然后再做几次深呼吸。一般情况下，最初的一刻一旦过去，你便可以较为冷静地看问题了。

当自己的怒火得到了抑制之后，或许你会发现自己的怒火来得快，只是因为自己想要借机发泄情绪。怒火到来时，要将其扼杀在摇篮状态，这样才能够引导你采取冷静而又明智的行动，来避免让情况变得更糟的莽撞行为。

别和苍蝇计较

❀ **情商培养点：控制自己的情绪**

美国作曲家约翰·米尔顿说过："一个人如果能够控制自己的激情、欲望和恐惧，那他便胜过国王。"生活中谁都难免遇到一些烦恼之事，如果任由怨恨的情绪滋生，便会被愤怒冲昏头脑，做出不理智的事来。因此，每个人都要理智地对待不愉快的事情，善于控制和调整自己的情绪，避免由于一时冲动造成因小失大。

1965年9月7日，世界台球冠军争夺赛在纽约进行。经过一番紧张而激烈的角逐，最后的冠军争夺战将在路易斯·福克斯和约翰·迪瑞之间进行。

路易斯·福克斯和约翰·迪瑞都是台球界的顶尖高手，观众们在静静地观看着比赛的进展。福克斯得分已遥遥领先，他只要再得几分，这场比赛就将宣告结束。全场都屏住呼吸，大家都在等待冠军的产生。

福克斯洋洋自得地准备做最后几杆漂亮的击球，结束这场已经没有悬念的比赛。而迪瑞则沮丧地坐在一个角落里，等待着败局的来临。

可是，正当福克斯俯下身子开始击球时，突然在那死一般沉寂的赛厅里出现了一只苍蝇。它绕着球台盘旋了一会儿，然后落在了主球上。

福克斯微微一笑，轻轻地一挥手，"嘘"一声赶走了苍蝇。他又盯着台球，伏下身子准备击球。可是这只苍蝇第二次来到台盘上方盘旋，而后又落在了主球上。于是观众中发出了一阵轻轻的笑声。

福克斯又轻嘘一声将苍蝇赶跑了，他的情绪并没有因为这种干扰而波动。但是这只苍蝇又第三次回到了台盘上。观众们发出了一阵狂笑。

原先冷静的福克斯这次再也不能冷静了。他用球杆去捣那只苍蝇，想把它赶走。不料球杆擦着主球，主球向前滚动了一英寸。苍蝇是不见了，可是由于福克斯触及了主球，他就失去了继续击球的机会。

知识加油站

斯诺克，意思是"阻碍、障碍"，所以斯诺克台球也被称为障碍台球。击球顺序为一个红球、一个彩球直到红球全部落袋，然后以黄、绿、棕、蓝、粉红、黑的顺序逐个击球，最后以得分高者为胜。斯诺克盛行于英国、加拿大、澳大利亚和印度等国家。

迪瑞见状信心大增，充分地利用这一难得的机会，打得极漂亮，长时间地连续击球，直至比赛结束。

最终迪瑞夺得了斯诺克台球世界冠军，并拿走了四万美元奖金的大部分。而福克斯在占尽优势的情况下，反而丢掉了比赛。

良好的自制力是能够控制自己、支配自己并自觉调节自己行为的。我们要有控制自己不良情绪的能力，只有这样，才能在困难面前从容淡定，不管面对什么样的情况，都保证自己完成需要完成的任务。

第十章　保持理性的勇敢——克制冲动情绪

165

消除不良情绪

人不可能永远都处在好情绪当中，生活中存在挫折和烦恼，消极情绪自然也就由此而生。一个心理成熟的男孩，不是不会出现消极情绪，而是善于对这种不利的情绪进行调节和控制。那么，具体来说，男孩应该怎样调节、控制自己的情绪呢？

1. 学会转移自己的注意力，不要让自己沉溺于不良情绪之中，而是把自己的注意力都转移到能让我们开心愉快的事情上面去。

2. 宣泄是通过一些交流，比如唱歌、书写等方式来让自己的情绪进行释放，不要让不良情绪压抑在心中，影响自己。

3. 用音乐、电影、小说、游戏等让你感觉到快乐的事情，去弱化你的情绪，尽可能地做到对刺激事情不联想、不思考、不记忆。

4. 换一个角度去思考，对它做出新的理解，以求跳出原有的局限，把自己的精力转移到自己所追求的目标上来。

男孩做事要以大局为重，控制好自身情绪，既有利于促使自己去完成应当完成的任务，又有利于抑制自己的不良行为，培养自己出色的自制能力，为今后走入社会打好基础。

难以控制的冲动行为——克制冲动游戏训练

1. 游戏目标
帮助游戏参与者远离非理性冲动，改进逃避必要冲动的做法。

2. 规则简介
这个游戏共需要60分钟。帮助游戏参与者关注自身行动，判断自己是否容易"接近"或是"逃避"冲动，以及讨论如何做出改变，提高自身的冲动控制力。

3. 材料预备
笔和纸。

4. 游戏程序

活动内容	预计所需时间
思考自己在生活中的冲动表现形式并记录	5分钟
两个人一组，对生活中自己愿意改变的冲动行为进行解析	20分钟
制订"冲动控制"方案，当同伴试图挑起自己的非理性冲动，或者是引诱自己逃避必要的冲动时，应用这一方案对自己进行控制	20分钟
对游戏中的收获进行集体讨论	15分钟
共计	60分钟

5. 特别说明

（1）向游戏参与者分发笔和纸。

（2）要求游戏参与者分组，按照要求练习。

（3）20分钟后，提醒他们开始制订"冲动控制"方案。

（4）集体讨论时，向大家提问，是什么令他们改变了对冲动的理解？

6. 游戏成效

通过"克制冲动游戏训练"，让游戏参与者预知并克服"接近"非理性冲动，或是"逃避"必要冲动的行为。

第十一章

多角度看问题

——培养出色的判断力

美国电影《火柴人》中，影星尼古拉斯 · 凯奇饰演一名职业诈骗犯，他能够高明地欺骗他人，却不懂得判断自己所处的现实，因此为自己增添了不少烦恼与风险。从这个故事我们可以看出，懂得现实判断是多么重要。

美国情商专家史蒂文 · J. 斯坦和霍华德 · E. 布克认为，我们要客观地看待事物，以客观事实为依据，对事物的本来面目作出判断，而不能以我们期望或者担心发生的情形作为判断的依据。

忠于事实的"天空立法者"

❋ 情商培养点：要有自己的判断力

德国哲学家莱布尼茨说过，"世界上没有两片相同的树叶。"这说明事物都具有其特殊性。我们在做事情时不能盲目地照搬经验，要尊重客观规律，相信自己的判断，否则便有可能错失良机。

开普勒的童年是非常不幸的，他在 4 岁时患上了猩红热，烧坏了眼睛，从此视力变得非常差。在开普勒的眼里，天上的星辰只是一些微弱的发光体，可是，就是这样的他，后来竟爱上了天文学事业，并立志在天文学上作出一番成就。

大学时期，开普勒主攻的课程是哲学和数学，后来开始转向天文学，成为哥白尼学说的坚定拥护者。毕业之后，他开始担任中学老师，讲授数学和天文学，并成为著名天文学家第谷·布拉赫的助手，和他一起研究火星。

一天，开普勒的大学老师来看开普勒，见他的屋子里到处画满了乱七八

知识加油站

开普勒定律，也称"开普勒三定律"，是德国天文学家开普勒根据丹麦天文学家第谷·布拉赫等人的观测资料和星表，通过他本人的观测和分析后，于 1609～1619 年先后归纳提出的。

糟的圆圈，便询问他这些年在研究些什么。开普勒告诉老师，自己想弄清楚行星的轨道。

这令他的老师感到不解，因为这已经是被别人解决了的问题了，为什么还要再研究呢。开普勒向老师说明，自己通过计算认为，前人的数据还有 8 分之差。

老师感到更加诧异了，8 分那么小的一点儿误差，只相当于钟盘上秒针在 0.02 秒的瞬间走过的角度。他认为在浩渺无穷的宇宙里，这点误差根本不会引起轨道形状的变化，将精力花费在研究它上面是没有任何意义的。可开普勒却冷静地向老师说明了自己的理由，他所掌握的关于火星的所有资料，是经过第谷·布拉赫 20 年的观察所得到的，火星轨道与圆周运动的 8 分之差是绝不能忽视的。他说，自己有信心从这里打开缺口来改革以往所有的体系。

就这样，老师和他人的不理解都没有动摇开普勒的决心，他始终紧紧地盯住那颗星星——火星，进行研究。

经过几年不懈地研究，开普勒终于以事实证明了火星的轨道并不是圆的，而是椭圆的。这个在天文学上具有划时代意义的发现，被称为"开普勒第一定律"。之后，他又发现了第二定律，即等面积定律。

开普勒凭借着自己精益求精、锲而不舍的精神识破了一个惊世天机。10 年后，他再次以顽强的毅力和耐心发现了另一个秘密：行星绕太阳运转时，其运转周期的平方和它与太阳间平均距离的立方成正比，即"开普勒第三定律"。神秘无边的宇宙星空因这三条定律的发现而显得井然有序，这些规律被发现的意义还不止于此，就连牛顿万有引力定律也是在其研究结果上发现的。开普勒如愿地实现了年轻时的壮志，揭开了宇宙的神秘面纱，被人们誉为"天空的立法者"，而这一切，正是他忠于客观事实，对现实进行精确判断的结果。

学会自己拿主意

在人们的印象中，"做事时要充分学习前人的经验"是一条千古不变的真理。但是，成功并没有定式，追随巨人的脚步也不一定就会成长为巨人。如果对前人的经验盲目照搬，便会丧失自己的天性和判断力。男孩在做事时，要记住以下四点建议，从实际出发，相信自己的判断、坚持自己正确的观点。

1. 学会自己办事。日常生活中，多进行观察和锻炼，以提高自己的办事能力和预见性。

2. 让决定有据可依。做事之前，要多进行调查研究，令自己的决定符合规律、有据可依。

3. 慎重作出决定。男孩做事要稳重，遇到事情时，一定多思考，慎重作出决定。

4. 拥有自己的主见。男孩要拥有自己的主见，一旦作出正确的决定，便不要受到别人的错误干扰。吸取别人正确意见时，也要经过深思熟虑、仔细斟酌，不要盲目地附和。

经过深思熟虑和谨慎思考之后，一旦决定做事，便要坚持下去。不要因为外界的反对，或者是将要面对的困难而退缩，只有这样，才能够推翻错误的认知，发现真理。

大胆质疑的学生

❋ **情商培养点：相信自己，大胆质疑**

在成长的道路上，我们需要独立思考，发现问题要敢于质疑，研究问题要从客观实际出发，不要盲目地迷信学术权威和专家的理论。

唐亮通过了入学考试，成为重点中学的一名学生。经过一个学期的学习，他的成绩名列前茅。

有一次，老师安排学生做实验，并讲解了做实验的具体步骤。唐亮按照老师讲述的步骤做实验，结果却总是与老师讲的理论不相符。

于是，唐亮重复做了好多次实验，但理论与实验结果还是不相符。经过仔细研读教科书上的相关理论及其实验部分的内容，他发现老师讲的实验步骤有一个错误的地方。

大师如是说

提出问题比解决问题更重要。

——科学家　爱因斯坦

随后，唐亮把自己的看法告诉了老师。老师说："那一定是你弄错了！"

唐亮说："我是按照您讲的步骤做的实验，也许是您设计的实验步骤有问题。"

老师说："那为什么其他同学没有发现错误呢？"

唐亮说："他们按照您讲的步骤做了实验，可是并没有仔细检查实验结果。"

老师将信将疑道："我设计的实验步骤真的错了吗？让我去看看。"唐亮和老师一起来到实验室，老师亲自指导唐亮做实验，结果证明，果然是实验步骤有错误。

看到这个结果，老师对唐亮说："没有想到我设计的实验步骤，班上的同学都做了，唯独你能指出它有错误。看来，我得重新设计实验步骤了。"

唐亮说："不用全部否定！其实，改进一个地方就可以了。"

接着，唐亮说出了自己的建议。老师听了很高兴，不禁夸赞唐亮说："你喜欢思考，是个敢于质疑的好学生，你提出的建议使我设计的实验步骤更加完美了。"

唐亮说："其他同学是太尊崇您了，以致丝毫没有怀疑您设计的实验步骤有错误的地方。我也是反复做了多次实验之后，才产生疑问的。"

老师说："你用事实证明了我的实验步骤有问题，我十分高兴。当今社会就是需要你这种勇于质疑的学生，希望你将来比我更优秀。"

三年后，唐亮如愿以偿地考上了重点大学。

成功者都是善于思考和有主见的人，这样才可能坚持自己的观点，实现自己确定的人生目标。人云亦云，对待问题随大流，这些都是缺乏思考的表现。

心中充满质疑精神

　　质疑是一种素质，是一种精神，古往今来的智者无不认识到"疑"的重要性。孟子说："尽信书不如无书。"爱因斯坦说："要懂得在别人视为平常处发现问题，在别人不觉是问题处看出重要问题。"培养自己的质疑精神和能力是非常重要的。想要让自己心中充满质疑精神，男孩不妨从以下两点做起。

　　1. 树立起质疑的自信心。男孩要善于鼓励自己大胆质疑，培养自己与人辩论的兴趣，即使有时候自己的观点并不正确，也要多与大家进行讨论。

　　2. 鼓励自己具有怀疑精神。"金无足赤，人无完人。"任何人都有可能出现问题，所以，男孩不要迷信权威，要具有怀疑精神，懂得怀疑老师、怀疑课本、怀疑权威的重要性，点燃自主学习的激情。

　　英国喜剧大师卓别林说过一句耐人寻味的话："与拉提琴或弹钢琴相似，思考也是需要每天练习的。"我们对某一事物感到惊奇时，往往容易产生强烈的探索兴趣，进而展开想象的翅膀。当遇到问题的时候，时刻提醒自己"想一想"，以实际行动去培养自己的质疑精神。

杂技高手的失误

✳ **情商培养点：不要匆忙地下结论**

人要有准确判断客观情况的能力。无论什么情况下，都不能在慌乱中匆忙下结论，以免给自己带来巨大的损失、引发追悔莫及的情况。

一位杂技团的台柱子，凭借一出惊险的高空走钢丝表演而声名远扬。在离地五六米的钢丝上，他手持一根中间黑色、两端蓝白相间的长木杆作平衡，赤脚稳稳当当地走过 10 米长的钢丝。他技艺高超，身手灵活，还能从容地在钢丝上做出一些腾跃翻转的动作。多年来，他表演过无数次，从未有过丝毫闪失。

杂技团去外地演出回来的路上，装道具的卡车翻进了山沟，折断了他那根保持平衡的长木杆。团里非常重视，不惜高价找来了粗细相同、长短一致、重量也一样的木杆。直到他觉得得心应手时，团长才请油漆匠给木杆刷上与以前那根木杆相同的颜色。

又是一次新的演出。

知识加油站

杂技，起源于中国，是演员靠自己的身体技巧完成一系列高难动作的表演性节目。杂技在中国已经有 2000 多年的历史，在汉代称为"百戏"，隋唐时叫"散乐"，唐宋以后为了区别于其他歌舞、杂剧，才称为杂技。

在观众的阵阵掌声中，他微笑着赤脚踏上钢丝。助手递给他那根长木杆。他从左端开始默数，数到第10个蓝块，左手握住，又从右端默数，数到第10个蓝块，右手握紧，这是他最适宜的手握距离。然而今天，他感到两手间的距离比他以往的长度短了一些。他心里猛地一惊，难道是有人将木杆截短了？不可能啊！他小心翼翼地把两手分别向左右移动，一直到适宜的距离才停住。他看了看，两手都偏离了蓝块的中间位置。他一下子对木杆产生了怀疑。

这时，观众席上又一次爆发出雷鸣般的掌声，已经容不得他多想了。他握紧木杆，提了一口气，向钢丝的中间走去。走了几步，他第一次没了自信，手心不停地有汗沁出。终于，在钢丝中段做腾跃动作时，一个不留神，他从空中摔了下来，折断了踝骨，表演被迫停止。

事后检查，那根木杆长度并没变，只是粗心的油漆匠将蓝白色块都增长了一毫米。木杆的长度没有变，但自信的程度却改变了。就是这一毫米的变化，造成了杂技高手的失败。

很多时候，自信心通常受思维定势的影响而受挫，往往是被事物的表象所左右而并非事物本质发生了变化。我们要真正了解自己，了解自己的长处，对自己要有信心。出现问题时，不要匆忙下结论，而是要仔细审视现实，才能够从容不迫地应付突发状况，出色地解决问题。

莫让自信离开自己

每个人都有自己的不足之处，只要树立了自信，男孩就能克服自己的弱点，把握住自己的命运，走向成功的未来。那么，应该怎样培养自信呢？具体来说可以归结为以下两点。

1. 作出并履行承诺。一旦自己作出了承诺，便要相信自己具有足够的能力来履行它。

2. 要设定目标，并努力将其实现。男孩要把履行承诺当成自己的目标，即便遭遇了困难，仍不能放弃这个目标。这样坚持到最后，你会发现，困难也不过如此，自己也就越来越自信了。

只要做到了这两点，男孩遇事就不会慌张，就不会在困难和挫折面前不知所措，迷失自己。起初作出承诺的时候要慎重一点，设定目标的时候现实一点，一旦作出一个承诺，就要想尽办法去兑现它。当长时间坚持这样做之后，就会养成习惯，到那时，不管遇到什么事情，男孩便都能够冷静思考、轻松应对，自信自然也就会不请自来了。

挖掘自己生命的价值

✳ 情商培养点：正视自己，挖掘自身潜力

我们要懂得客观看待事物，更应该懂得客观看待自己。其实我们自身也是一种资源，我们要对自己进行客观的判断和评价，找到最适合自己的位置，并对自己的兴趣保持一份坚定与执着。那些时刻将"我不能"挂在嘴边，并因此埋没自己的做法绝对是不可取的。

有一个小男孩非常喜欢柔道运动，在他人的引荐下，一位著名的柔道大师答应收他为徒。然而，小男孩还没有来得及开始学习，就在一次车祸中失去了右臂。那位柔道大师找到这个小男孩说："如果你还想学习，我依然会收你做徒弟。"伤心的小男孩调整好了心情，仔细对自己的状况进行了思考，他觉得自己在柔道方面是有天分的，不能因为遭遇到一点小小的挫折便否定自己、放弃追求。于是，伤好后，他就跟着大师开始学习柔道。

由于比其他人少了一条胳膊，小男孩学得格外认真，付出了比别人多一倍的辛苦。师傅教给他的招数，他仔仔细细地记在心中。当其他人都在休息的时候，他仍旧在练习。就这样，日复一日，半年的时间转眼便过去了。

等到又过了半年的时候，师傅带小男孩去参加一次柔道比赛。当裁判宣布小男孩是本次大赛的冠军时，他自己都觉得不可思议。只有一只手臂的他，第一次参赛便打败了所有的对手。回家的路上，小男孩疑惑地问师傅："我怎么就拿到了冠军呢？"师傅答道："有两个原因：第一，你确实有学习柔道的天分；第二，你能够客观地看待自己，不放弃。"

知识加油站

歌德，德国著名思想家、博物学家、自然科学家、小说家、剧作家、诗人、画家。他在散文、诗歌、戏剧、自然科学以及博物学等方面均具有较高的成就，其作品充满了反叛精神。

歌德曾经说过："每个人都有与生俱来的天分，当这些天分得到充分发挥时，自然能够为他带来极致的快乐。"

不同的生命具有不同的价值，有时所处的环境不同，生命便会显现出不同的意义。我们要珍惜自己、了解自己，客观地对自己作出判断，挖掘自己生命的价值，让我们的一生过得更有意义。

挖掘出自身的潜力

"大多数的人想改造这个世界，但却罕有人想改造自己。"这是托尔斯泰的名言。的确如此，多数人实际上很少思考：我们如果不把自己的能力激发出来，那么如何去改造这个世界呢？男孩想要最大限度地挖掘自身的潜力，不妨参照以下四点。

1. 及早树立人生目标。对自己的人生进行思考，为自己创作出属于自己的"梦境"，然后以这个"梦境"为目标，向着它的方向不断努力，不断发挥出自己的潜力。

2. 列出让自己觉得快乐的事情。将令自己感到快乐的事情列出来，并不时地对其进行体会，并与自己日常的所作所为进行比较，努力避免一些无谓的错误，让自己的精力都用在使自己快乐的事情上面，这样潜力自然也就能够得到最大限度的发挥了。

3. 给自己坚定的承诺。如果一件事情仅仅停留在想要做的阶段，是不会获得任何结果的。除非你给自己坚定的承诺，并决心矢志不移地去完成这件事情，潜能才能得到更好的发挥。

4. 保持平和的心态。每天保持内心平和，沉着应对学习、生活中出现的状况，即便是无法令问题迎刃而解，也可以把压力降低到最低的程度，从而更有利于自身潜能的发挥。

生活中，男孩要建立起"自己做自己靠山"的强烈信念，不要凡事都去依赖他人，要学会挖掘自身的潜在能量，让自己成为一个自信、坚强的年轻人。只有这样，才能让自己不至于成为别人避之不及的"拖油瓶"。

实现自己的"理想目标"

✳ **情商培养点：不让表面的缺陷埋没潜能**

有时候，人往往会因为一些表面的东西影响到自己的判断。这个时候，他们作出的决定、付出的努力，便有可能是违背自己内心意愿的，这样的话，势必会影响到做事的效率和自身的发展。

八岁的富兰克林·罗斯福是一个脆弱胆小的男孩，脸上总是显露着惊惧的表情。他呼吸就像喘气一样，在学校里，如果喊他起来背诵课文，他就会两腿发软，颤抖不已！回答问题也含混不清，然后就颓丧地坐下来，脸色难看极了。

但是，他从小心中却有一个伟大的梦想——一定要成为伟大的人。这就是他所谓的"理想目标"。这一目标使他最终摆脱了消极心理的影响，他的缺陷促使他更加努力地去奋斗，他并没有因为同伴对他的嘲笑而失去勇气。

他把喘气的习惯变成了一种坚定的嘶声，他用坚强的意志，咬紧自己的牙床使嘴唇不

知识加油站

富兰克林·罗斯福，美国第32届总统。他是美国历史上唯一一位连任4届的总统，在20世纪的经济大萧条以及第二次世界大战中扮演了十分重要的角色，被国内外学者评为美国历史上最伟大的总统之一。

颤抖来克服恐惧。就是凭着这种精神，凭着对自己未来的心理暗示，保

持积极的心态，不断努力奋斗，最后终于当上了美国总统。

假如罗斯福只是看到自己的缺陷，不去订立目标，那么，他可能一生都不会有什么作为。罗斯福成功的主要因素在于他能够拨开表面的不利因素，去发现自己真正的需求和目标，并以这个目标来激发自己的积极心态，促使自己朝着这一伟大的目标前进，最终实现了自己的梦想，改变了自己的命运。

怎样实现自己的目标

每个男孩都要拥有自己的目标，并为之付出努力。只要放弃其他不相关的事情，集中全部精力去完成自己的使命，你就绝对不可能失败。那么，具体来讲，男孩想要实现自己的理想目标，需要怎么做呢？

1. 制订的目标要合理、明确、可实现。只有符合这个标准的目标才能够实现，否则，便只是笼统、空泛的大话而已。

2. 设定实现目标的期限。没有期限，便等于没有目标。期限可以用来衡量目标的进展和激励自己。

3. 找出实现目标的障碍。实现目标的过程，其实就是克服障碍的过程。只有将障碍找出来，才能做到有备无患。充分调动一切能够调动的力量与因素，来帮助自己实现目标。

4. 根据目标立即行动。一旦目标确定，便要立即行动起来。没有行动，计划做得再好也只是白日梦。不要去想什么"以后"，要立即就做，现在就做。

那些全力以赴、锲而不舍提升自己的男孩都是明智的，他们一锤又一锤地敲打着同一个地方，直到实现自己的目标。

准确判断现实——判断力游戏训练

1. 游戏目标

明确应该怎样准确地进行现实判断。

2. 规则简介

这个游戏总共需要60分钟。所有游戏参与者共同确定一种情景，这种情景要对所有游戏参与者都具有挑战性。每个人都密切关注这种情景，并写出对这种情景的观察感受。在游戏的最后，收集所有人的评价进行总结，看谁的判断更精准一些。

3. 材料预备

纸和笔。

4. 游戏程序

活动内容	预计所需时间
分析并详细写出感受	15分钟
三人一组进行讨论	20分钟
大家共同总结汇报	25分钟
共计	60分钟

5. 特别说明

（1）情景一定要由所有游戏参与者共同选择，并且所有人都认为其具有挑战性。

（2）为每个人分发笔、纸。让大家详细地写出对这个问题的看法，特别关注每个人对事件起因的界定、对这种局面的感受以及对事件带给他们的危险和机遇的判断等。

（3）大家集体汇报总结时，游戏的组织者可以问大家，如果他们进行更深入的判断的话，能够出色地应对哪些局面？他们是否总结出了可以有效提高判断力的方法？是否可以同大家分享？

6. **游戏成效**

通过"判断力游戏训练"，能够提高游戏参与者的判断能力，让他们避免由于粗心大意而造成的损失、失望和厄运。此外，这个游戏还能够提高游戏参与者的集体合作意识，促进他们与其他成员团结一心、达成共识。

第十二章

变则通，通则灵

——学会灵活变通

北宋政治家、史学家司马光小时候，有一次跟小伙伴们在后院里玩捉迷藏。在院子里有一口大水缸，一个小孩爬到缸沿上，一不小心，便掉进了缸里。缸大水深，眼看掉进去的孩子就快没顶了。别的孩子都觉得缸那么高，自己根本没有办法上去把小伙伴拉出来，于是他们只好哭喊着，跑去向大人求救。司马光却没有跑，他想了想，从地上捡起了一块大石头，使劲朝水缸砸去，"砰！"一声，水缸破了，缸内的水流了出来，被淹的小孩得救了。

这就是为大家所熟知的司马光砸缸的故事。从中我们可以看出，小司马光是个变通能力很强的孩子，他在人们惯用的方法行不通的情况下，没害怕、没有放弃，而是运用了不循常规的方法救出了小伙伴。

情商专家斯坦和布克在对"灵活性"进行界定时，强调"这种情商能力指的是适应不可预测的陌生动态环境的综合能力。种种迹象表明，当判断错误的时候，懂得灵活变通的人可以随即进行改变"。

衣服上的口子

❄ 情商培养点：学会幽默，懂得通融

当我们遇到尴尬情况的时候，如果不懂得灵活变通，势必会让场面无法收拾，这个时候，不妨试试幽默处理方法。幽默是一种能够化干戈为玉帛的方法，不仅能使自己体面地脱身，还能使氛围重新变得轻松起来。

一位歌手晚上有一个演出。为了这次演出，歌手已经辛苦地准备了好几个月，无论是歌曲、舞蹈的排练还是表演服装的搭配都是精益求精，力求给观众带来惊喜。

演出开始了，歌手精湛的唱功、动感的舞蹈以及闪亮的服饰都让观众耳目一新，现场气氛很快就被歌手带动起来了。

歌手唱了几首歌曲之后，邀请观众席的朋友们到舞台上参加一个互动游戏。很快就上来了3个热情的观众，其中有一个十多岁的小男孩。小男孩抱

> **大师如是说**
>
> 幽默是一切智慧的光芒，照耀在古今哲人的灵性中间。凡有幽默的素养者，都是聪敏颖悟的。他们会用幽默手腕解决一切困难问题，而把每一种事态安排得从容不迫，恰到好处。
>
> ——中国音乐学家钱仁康

着一个粘贴着歌手头像的宣传牌送给歌手。这个宣传牌是小男孩用铁皮手工制作的，虽然做得很粗糙，但也是他的一片心意。歌手开心地接过宣传牌。谁知道，当小男孩把宣传牌递给歌手的时候，铁皮划到了歌手的衣服，转眼之间，歌手漂亮的衣服就被剐了一个很长很长的大口子。

热闹的气氛瞬间凝固了下来，小男孩望着心中的偶像，显得害怕极了，嘴里喃喃自语："我……我……"

大约过了几秒钟，歌手看了看衣服上的口子，微笑着对小男孩说："小朋友，你以为帮我拉开一条缝就能使我这个怕热的人凉快一点吗？"

随即，观众们都哈哈大笑了起来，气氛又变得活跃起来，小男孩也有点不好意思地跟着大家笑了。

接下来的表演中，歌手身穿残破的演出服，仍然活力四射地唱歌、跳舞。在场的观众没有一位在意歌手衣服的破损，反而愈发欢快地跟着音乐摇摆起来。这场音乐会就在快乐的气氛中圆满结束了。

如果当时这位歌手因为衣服破了而勃然大怒的话，场面必定会陷于尴尬之中。但是这位歌手巧妙地对境况进行了灵活处理，只用了一句幽默的话语，就巧妙地化解了尴尬的气氛，同时也展现了自己的大度。

记得加一点"幽默"

美国散文作家爱默生曾说："如果你想统治这个世界，就必须使这个世界有趣。"幽默是一种吸引人的气质，具有特别的力量。有时候，一句幽默的话就可以调节气氛，愉悦心灵。男孩要让自己变得幽默起来，需要从以下三点努力。

1. 需要扩大自己的知识面。知识面不仅是幽默的来源，更是幽默的基础。知识在于积累，想要培养自己的幽默感就必须广泛涉猎，令自我获得充实，不断地从浩瀚的书籍海洋中收集幽默的浪花，自名人趣事的精华中撷取幽默的宝石。

2. 要陶冶情操，让自己学会洒脱地面对人生。男孩要有一颗宽容的心，善于体谅他人，拒绝斤斤计较。同时男孩还要乐观面对现实，让生活中的趣味和轻松更多。

3. 要培养洞察力、提高观察事物的能力，让自己机智、敏捷起来。这是提升幽默素养的一个重要方面。具备了迅速捕捉事物本质的能力，再以恰当的诙谐语言将其表达出来，才能让听者产生轻松的感觉。

通过幽默感来增进自己同别人的关系，是一门非常值得学习的语言艺术。在酸甜苦辣俱全的生活中，男孩别忘了常常加点儿"幽默"。

送报送出的亿万富翁

❋ 情商培养点：勤动脑筋多用心

勤奋是使人走向成功的必备素质，没有勤奋，再聪明，再有天赋，都没有用。但是，做事情时仅仅具有勤奋的精神又是不够的，在勤奋的基础上还要学会多动脑、多用心。

只有十二三岁的小巴菲特，每天五点钟天不亮就起床，去坐第一班公交车到威斯切特社区送邮报。如果他晚到了，好心的公交车司机会多等小家伙一会儿。他的公交月票卡编号总是001号，因为他总是第一个去买。下午放学后，他先坐公交回家，然后再骑上自行车，到春谷社区接着送晚报。每天两趟，风雨无阻，一天要送五百多份报纸。

当小巴菲特报纸越送越熟练的时候，他的生意也开始越做越精明起来。他送报时脑袋也没有闲着，一直在想着怎样通过同样的劳动，来获得更多的收益。于是，他在送报的同时还顺便推销日历，还会问人家有没有过期的杂志，如果有他就帮忙回收。有些人把旧杂志扔在楼梯拐角，巴菲特就拿走，顺便义务做清洁。卖废纸之前巴菲特会一本本检查

大师如是说

勤劳一日，可得一夜安眠；勤劳一生，可得幸福长眠。
——意大利画家
达·芬奇

杂志上的标签，看什么时候订阅到期，然后记在一个本子上。原来，他这时候正在一个叫摩科崔尔的出版社做推销员。他一户户清楚地做好档案记录，一看哪一户人家的杂志订阅期快要结束了，他就去敲门推销新杂志。推销出一份杂志，可比送一天报纸挣得钱多多了。

由巴菲特的事例我们可以看出，勤动脑、多用心对于一个人的帮助是非常大的。如果巴菲特只是将注意力集中在送报纸上，那么可能直到今天，他仍旧在送报纸。但是通过寻找多种获益途径，他最终成为了世界著名的投资大师。

养成勤动脑的习惯

在学习和生活中，可能有不少男孩都有处理问题不够灵活、懒得动脑的毛病，这可不是一种好的习惯。一旦这种懒于动脑的毛病养成，便会严重影响到学习的效率和自己的进步。所以，男孩一定要想办法让自己的思维活跃起来，遇到事情时能够积极地进行思考。男孩想要养成勤动脑的习惯，以下这四点要格外注意。

1. 具有动脑思考的意识，不能迷信权威，遇到问题多问几个为什么。

2. 遇到难题时，不要寄希望于现成的答案，而是要培养自己的独立思考、独立解决问题的能力。

3. 观察事物时，多运用自己的头脑思考，创造性地认识事物。

4. 遇事不慌张，懂得积极动脑想办法，探索解决问题的有效途径。

总而言之，不爱动脑这种坏习惯是由多种多样的原因造成的，如果想让自己爱动脑，就要根据不同的原因采用不同的方法进行纠正。另外，"冰冻三尺非一日之寒"，不爱动脑的毛病不是一朝一夕养成的，既然下定决心改正，便要持之以恒，坚持下去。

他为父母租到了房子

❋ **情商培养点：换个角度思考问题**

当我们得不到自己想要的东西时，完全不必就此陷入沮丧当中，因为这说不定是命运赐给你的又一个机会。当一条路走入了死角之后，不妨换个角度思考，也许问题便会迎刃而解。

有一家人决定搬进城里，于是去找房子。

全家三口，夫妻两个和一个5岁的孩子。他们拖着疲累的身躯挨家挨户地找房子看，但总没有中意的。他们跑了一天，直到傍晚，终于找到一所理想的房子。那房子大小合适，价钱也适中，正是他们想要的那种。他们觉得非常满意，于是急着想付定金，把房子订下来。于是他们找到了房东。

知识加油站

房东，原本是主人的意思。自古以东为上为大，因此东房指的便是上房，所谓的房东也就是指住在东首上房内的人。到了现在，房东是指出租或者是出借房屋的人。

房东是一位老人，他对这三位客人从上到下地打量了一番。

丈夫鼓起勇气问道："这房屋出租吗？"

老人说："没错，我是要出租房子，但我有一个限制，那就是我不租给有小孩子的家庭。"

夫妻俩听了，面面相觑，不知如何是好。他们请求老人把房子租给他们，因为他们的确很喜欢这个房子，但无论如何老人就是不答应。于是，他们只好沮丧地离开了。

那5岁的孩子，把事情的经过从头至尾都看在眼里。他那乌溜溜的眼珠子一转，顿时有了主意。于是，他转身跑了回去，去敲房东的大门。

这时，夫妻俩觉得很奇怪，都回过头来看着孩子，不知道他究竟要干什么。

门开了，老人问道："什么事啊，小朋友？"

"老爷爷，我要租房子。"

"可是我不租给有孩子的家庭哦！"

这时，这孩子眨了眨眼睛，说："我知道，我只有爸爸妈妈没有小孩子啊！你可以把房子租给我。"

老人听了之后，大声笑了起来，决定把房子租给他们住。

换个角度思考，能够帮助我们成功地解决问题；学会换个角度思考，会令你体验到前所未有的感觉；学会换个角度思考，便会令自己和他人拥有快乐的心情。

换个角度思考问题

常常听到有人抱怨自己容貌不是国色天香，抱怨今天天气糟糕透了，抱怨自己总不能事事顺心……刚一听，还真以为是上天对他太不公了，但仔细一想，你为什么不换个角度看问题呢？容貌是天生的不能改变，但你可以展现笑容；天气不能改变，但你能够改变心情。

男孩做事不可能样样顺利，这时要学会换个角度思考。男孩要想学会换个角度思考问题，要做到以下几点。

1. 看问题要全面。当对一个问题的方方面面都了解透彻之后，便不会"一叶障目"，非黑即白。

2. 知道事物的特点是什么。掌握了事物的特点，便能够根据其特点出发，制订其专属的解决方案，不至于面对问题一筹莫展。

3. 具有积极乐观的心态。只有心态够积极，才能够在遇到困难时，以冷静、积极的态度去寻找出路、解决问题。

当在人生的道路上遇到不尽如人意的地方时，我们不要死钻牛角尖，换个角度看问题，说不定会让你有意料不到的收获，生活也会变得更加美丽。

只借 1 美元

❋ **情商培养点：学会逆向思考**

生活中的无数实践都证明，逆向思维是非常重要的一种思考能力。一个人的逆向思维能力，对于提高人的创造能力以及解决问题的能力都具有相当重大的意义。

一天，犹太富翁哈德走进纽约花旗银行的贷款部。看到这位绅士很神气，打扮得又很华贵，贷款部的经理不敢怠慢，赶紧招呼：

"这位先生，有什么事情需要我帮忙的吗？"

"哦，我想借些钱。"

"好啊，你要借多少？"

"1美元。"

"只需要1美元?"

"不错,只借1美元,可以吗?"

"当然可以,像您这样的绅士,只要有担保,多借点也可以。"

"那这些担保可以吗?"

哈德说着,从豪华的皮包里取出一大堆珠宝堆在写字台上。

"喏,这是价值50万美元的珠宝,够吗?"

"当然,当然!不过,你确定只借1美元?"

"是的。"哈德接过了1美元,就准备离开银行。

在旁边观看的分行行长此时有点儿傻了,他怎么也弄不明白这个犹太人为何抵押50万美元就借1美元,他急忙追上前去,对犹太人说:"这位先生,请等一下,你有价值50万美元的珠宝,为什么只借1美元呢?假如您想借30万、40万美元的话,我们也会考虑的。"

"啊,是这样的:我来贵行之前,问过好几家金库,他们保险箱的租金都很昂贵。而您这里的租金很便宜,一年才花6美分。"

如果哈德像大多数人那样,去银行租用保险箱的话,那么他就必须要支付不菲的租金,而他通过使用这种逆向思维方法,巧妙地省去了一大笔保险箱的租金费用,用最低的成本为自己的巨额财产找到了最保险的保险箱。

知识加油站

担保,是指法律为了确保特定债权人的债权得以实现,以债务人或者是第三人的信用或是特定的财产来督促债务人履行债务的制度。

培养自己的逆向思维

逆向思维是摆脱常规思维方式羁绊的一种具有创造性的思维方式。生活中有不少事例都表明，如果利用正向思维不容易找出问题的答案，那么运用逆向思维，反而常常会收到意想不到的功效。当遇到正向思维不易解决的问题时，男孩不妨按照下面的方法试试逆向思维。

1. 反转型逆向思维法。这是一种从现有事物的反方向进行思考，从而产生发明构思的方法。比如，无烟煎鱼锅，就是将原来煎鱼时令锅产生油烟的热源，由锅的下面转为安装到锅的上面，这样就不会因为一直在下面对锅加热而产生油烟了。

2. 转换型逆向思维法。这是在对一个问题进行研究时，一种解决问题的手段行不通时，改换为另外一种手段，或者是转换思考问题的角度进行思考，从而使问题获得顺利解决的思维方法。司马光砸缸救伙伴的故事，就是用转换型逆向思维法解决问题的典范。

3. 缺点逆用思维法。这种方法的特点是利用事物的缺点，把缺点变成可供利用的东西，化不利为有利的方法。比如说金属腐蚀本来是一种坏事，但是人们反过来利用金属腐蚀原理生产金属粉末，便是对缺点逆用思维法的一种应用。

现实生活中，我们经常会遇到一些需要使用逆向思维能力解决的问题，我们平时便应该注意提高自己的逆向思维能力，当遇到困难的时候，仔细思考合适的解决方法。

奇思异想带来的胜利

❋ 情商培养点：奇思异想，另辟蹊径

异想天开会给生活增加不平凡的色彩。其实，世界为每个人都提供了契机，只是我们中间的绝大多数人不敢去想、不敢去做而已！

"陛下，给我一条帆船出海一战吧，让我把英国佬打得灵魂出窍。"1916年，德国的少校卢克纳尔对威廉二世这样说。

此话一出，所有人都惊诧不已。

假如这是在中世纪，这样敢于挑战大不列颠的军官固然有些鲁莽，但至少会获得勇敢刚毅的美名。但现在已经到了20世纪，这个时候，帆船早已成为一种古董，已经不可能作为战船来使用了。

卢克纳尔从小就是个富有反叛精神的人。他胆大心细，善于别出心裁，想别人不敢想、做别人不敢做的事情。

大师如是说

我们自己就是待燃的火把，勇敢地去发掘这股可以创造人生奇迹的力量吧，借助积极思考的力量，你将发现一种全心的思考与生活方式。相信奇迹，你就能创造人生奇迹。

——美国演讲家
诺曼·文森特·皮尔

幸运的是，威廉二世却认真地听取了这位少校的"疯话"。

卢克纳尔向威廉二世解释道："我们海军的头儿们认为我是在发疯，既然我们自己人都认为这样的计划是天方夜谭，那么，英国人也一

定想不到我们会这样干，那么，我认为我可以成功地用古老的帆船给他们一个教训。"

威廉二世被说动了，他同意了卢克纳尔的计划，用一条帆船去袭击英国人的海上航线。卢克纳尔经过千辛万苦终于找到一条被废弃的老帆船，取名"海鹰号"。在他亲自设计监督下，这艘船开始了"古怪"的改造工程。

当年 12 月 24 日圣诞夜，"海鹰号"出击了。它顺利突破英国海上封锁线抵达冰岛水域，大西洋航线已经近在眼前。

正在大家高兴的时候，"海鹰号"和英国的"复仇号"狭路相逢。

"海鹰号"的火力只有两门 107 毫米的炮，而"复仇号"却是一艘大型军舰，硬拼显然不是对手。卢克纳尔灵机一动，主动迎上去让他们检查，英国的检查员见是一条帆船，看也不看，就放过了这艘暗藏杀机的帆船。

1917 年 1 月 9 日，到达英国海域后，在卢克纳尔的指挥下，"海鹰号"突然发起进攻战，全歼英国船只，获得了巨大的胜利。

由这个故事我们可以看出卢克纳尔思维的独特性。"鲁莽"的个性凸现，这样的奇思妙想让他与众不同。正因为这种冒险、不同寻常的想法才成就了他的辉煌，成就了他人生的飞跃。

培养你的"奇思异想"

许多人都认为，能否获得机会，主要是看运气的好坏。固然，运气的基本要素是偶然性。但运气对于任何人都是一视同仁的，也就是说，机会面前人人平等，关键在于有的人把握住了，有的人却没有把握住。有时候，"不切实际"的想法会帮助我们赢得成功。男孩要敢于想常人不敢想、做常人不敢做之事，从而开辟出一条通往成功的康庄大道。男孩要想培养"奇思异想"，可以从以下几方面着手。

1. 要对自己所学习的事物保持好奇心。好奇心中包含着强烈的求知欲以及追根溯源的探索精神。如果你想要获得成功，就必须保持强烈的好奇心。

2. 要对所学的事物持有怀疑态度，不要迷信前人的经验。很多科学家对于旧知识的扬弃与否定，无不是从怀疑开始的。这种怀疑是发自内在的一种创造力，它激发人们进行钻研和探索。

3. 对所学习的东西要做到永不自满。当人开始自满时，便是他停止了创造的时候，那么，也便不会再有"奇迹"发生了。

拉开历史的帷幕，我们就会发现，世界上凡是有重大建树的人，在其攀登成功高峰的征途中，都会灵活地进行思考，适时地"异想天开"。所以男孩们，现在就行动吧！

灵活性在生活中的应用——灵活变通游戏训练

1. 游戏目标

认识灵活性对于学习、生活的重大意义。

2. 规则简介

这个游戏总共需要40分钟。

3. 材料预备

无。

4. 游戏程序

活动内容	预计所需时间
对"灵活性"的利弊进行讨论	5分钟
总结应对挑战的各种反应	5分钟
对方案进行讨论	20分钟
总结重要观点	10分钟
共计	40分钟

5. **特别说明**

（1）讨论人们为什么会顽固僵硬。

（2）指导游戏参与者对"不改变——适度调整——努力争取改变"这一灵活变通的反应过程进行思考。

（3）引导游戏参与者讨论，在解决问题时，怎样对反应过程中这三个步骤进行选择，怎样才能灵活机动地解决问题。

（4）集体关注形成"灵活性"能力的方法。让游戏参与者认识到运用灵活能力对学习、生活的意义。提示他们，灵活行事并不等于放弃原则。

（5）总结时，让游戏参与者回忆，生活中最近一次本该灵活处理问题令自己获益的经历。

6. **游戏成效**

通过"灵活变通游戏训练"令游戏参与者意识到"灵活性"的重要意义，以及它在生活中的具体应用。

方法总比问题多

——找准方法是关键

　　威廉·尤里是国际公认的谈判大师，以擅长解决矛盾著称。在分享自己的智慧研究时，他指出：我们需要"改变家庭内部、工作场所内部、团体内部甚至是世界内部的文化冲突，营造一种文化氛围。在这种氛围当中，争端再严重，也可以在互惠互利的基础之上，而并非依靠暴力和高压政治获得解决"。

　　情商专家斯坦和布克把问题解决描述成一种多阶段的方法，也就是说，我们需要分几步来完成问题的解决流程，以便能够发现最佳的方案。

善于给自己创造机会

✲ 情商培养点：给自己创造机会

当问题困扰着你，没有解决办法的时候，一定要动脑筋为自己创造机会，用发散思维为自己出谋划策，突破眼前的障碍，从而取得成功。人人都渴望遇到时来运转的机会，但有人却善于给自己创造机会，这是他们能够成功的秘诀之一。

美国总统约翰·肯尼迪的父亲从小就注意对儿子解决问题能力的培养。有一次，他赶着马车带儿子出去游玩。在一个拐弯处，因为马车速度很快，猛地把小肯尼迪甩了出去。当马车停住时，儿子以为父亲会下来把他扶起来，但父亲却坐在车上悠闲地掏出烟吸了起来。

大师如是说

第一个青春是上帝给的，第二个青春是靠自己努力的。

——中国诗人海子

儿子叫道："爸爸，快来扶我。"

"你摔疼了吗？"

"是的，我自己感觉已经站不起来了。"儿子带着哭腔说。

"那也要坚持站起来，重新爬上马车。"

儿子挣扎着自己站了起来，摇摇晃晃地走近马车，艰难地爬了上去。

父亲摇动着鞭子问："你知道为什么让你这么做吗？"

儿子摇了摇头。

父亲接着说："人生就是这样，跌倒、爬起来、奔跑，再跌倒、再爬起来、再奔跑。在任何时候都要学会为自己争取站起来的机会，自己不争取，是不会有人去扶你的。"

从那时起，父亲就更加注重对儿子的培养，如经常带着他参加一些大的社交活动，培养他自己独立与客人进行应酬，怎样向客人打招呼、道别，与不同身份的客人应该怎样交谈，如何展示自己的精神风貌、气质和风度，如何坚定自己的信仰等。

肯尼迪牢牢抓住了这些机会，还从中创造出新的机会，锻炼自己的社交能力和解决问题的能力。童年的这些经历，对他后来的生活，乃至成为总统后的生活，都产生了深远的影响。

给自己创造机会的方法

机会对每一个人都是平等的，同时，机会也不是靠等待便可以得到的，它需要自己去努力、去创造、去争取。男孩要想利用机会，就要成为给自己创造机会的高手。下面给男孩们介绍两种创造机会的方法。

1. 要将每一分钟都把握好。因为你并不清楚机遇是从什么时候开始，又在什么时候结束的。

2. 当自己的努力出现成绩的时候，你便要坚持，并继续努力，绝对不能够骄傲。否则在你自满的时候，机会便已经会离你而去了。

机会是否愿意青睐你，还要取决于你的想象力、工作能力、行动决心、处事经验，以及你掌握的知识等。总之，机会只偏爱有准备的人，男孩一定要时刻准备好，不放弃一切为自己创造机遇的机会。

敢于跨过"第一次"

❀ 情商培养点：跨过"第一次"的门槛

俗话说："万事开头难。"想成功是人的愿望，怕失败是人的弱点，胆怯是成功的障碍。"第一次"往往都是困难的，不少人会产生畏难情绪。但只要有勇气跨过"第一次"，那么你就已经完成了解决问题过程中最困难的一部分。

克里蒙·斯通很小的时候父亲就去世了。年少的他与母亲相依为命。母亲将替人缝洗衣服所攒的一点钱，投资了一家保险经纪社，其业务是替保险公司推销人身意外保险和健康保险。经过母亲苦心经营，这个小保险社逐渐发展了起来。

这一年，16岁的斯通还在念中学，到了暑假的时候，他想试着替母亲出去推销保险。他母亲安排他去一栋大楼，并把推销方法从头到尾向他交代了一遍。当到了大楼前，他却犯怵了，迟迟不敢进去，很怕自己言语不当被人赶出来。于是他站在了大楼外的人行道上，竭力控制自己的情绪。他一边紧张地发抖，一边强打起精神，默默念着自己做事的座右铭："如果你做了，没有损失，还可能有收获，那就下手去做吧！马上就做！"就这样，他壮着胆子走进了大楼。

情商培养点：跨过"第一次"的门槛

幸运的是，斯通没有被赶出来。他去了每一间办公室，共推销出了两份保险。单看数量的确不多，但在推销体会上却收获不小。从那一天起，他知道自己有战胜畏难的勇气，而且他还想出了克服畏惧的办法。

第二天，斯通卖出了4份保险。

第三天，又卖出了6份保险。

斯通的事业开始了。他在那个假期及此后的业余时间里，居然创造了一天10份的好成绩，后来一天15份、20份……

这就是美国保险业巨子克里蒙·斯通的真实经历。在成功突破"第一次"之

知识加油站

克里蒙·斯通，美国最有钱的人之一，美国联合保险公司的董事长。1965年买下几家出版公司的分公司，把它们合并成霍桑公司。著有《利用积极的人生观走向成功的方法》《保险业巨子的王牌》等。

后，他的事业运便一发不可收拾。斯通靠着自己的不懈努力和用心经营，最终成为了美国联合保险公司的董事长。

成功的秘诀，首先是必须在心理上战胜自己！只有突破了"第一次"，才可能会有下一次。所以男孩就应该勇于战胜了自我，跨过了"第一次"的障碍和心理压力，这就等于迈进了成功殿堂的门槛。

突破"第一次"有高招

想必对于"万事开头难。"这句话，男孩都不会感到陌生。根据一些成功者的经验，大家又为这句话总结出了后半句，那就是"就怕肯钻研。"

积极进取的人，会强调后半句，他们会时时对自己进行鼓励，告诉自己"难在开头，学会就能成"，最终奋发努力、获得成功。男孩想要成为积极进取的人，便要将下面讲到的几点方法记在心中，时刻提醒自己勇于进取。

1. 对自己要有信心，不要被事物的外表所蒙蔽，许多看似困难的问题，并没有你想象的那么可怕，相信自己有能力解决掉它。

2. 行动起来，总是观望只能加深你的恐惧，让你犹犹豫豫不敢前进，其实只要你敢于开始做，那么最困难的部分就已经过去了。

3. 不要过于顾及自己的面子，怕自己做不好而被别人笑话，而不敢去做自己没做过的事情。没有人天生便什么都会做，每一件事都有一个学习的过程。

心态决定成败，男孩调整好自己的心态是非常重要的。时刻为自己打气，告诉自己一定要勇于跨过"第一次"，坚决不做不敢尝试的"胆小鬼"。等迈出了"第一步"之后，也许你就会发现，前方的道路越来越平坦、前途越来越光明。

持之以恒必见效益

❋ **情商培养点：做事要有恒心**

俗话说："只要工夫深，铁杵磨成针。"可见，成功的秘诀在于恒心。有问题并不可怕，只要持之以恒地努力，再结合合适的方法，就一定能解决阻碍你前行的问题。男子汉大丈夫，做事应该有恒心，认准目标，不达目的不罢休。

爱因斯坦小的时候，有一次上手工课，他想做一只小木凳。下课铃响了，同学们争先恐后地拿出自己的作品，交给女教师。爱因斯坦因没有拿出自己的作品，而急得满头大汗。女教师宽厚地望着这个数学、几何方面非常出色的男孩，对他说："我相信你一定能交上一件好作品。"

第二天，爱因斯坦交给女教师的是一个制作得很粗糙的小板凳，一条凳腿还钉偏了。满怀期望的女教师十分不满地说："你们有谁见过这么糟糕的凳子？"同学们纷纷摇头。老师又看了爱因斯坦一眼，生气地说："我想，世界上不会再有比这更坏的凳子了。"教室里

知识加油站

只要工夫深，铁杵磨成针。这是一句中国谚语，意思是说，只要肯下工夫，粗粗的铁杵也是能够被磨成绣花针的。现在用来比喻只要有决心、肯用心，不管多么难的事情也是能够做成功的。

一阵哄笑。

爱因斯坦满脸红红，他走到老师面前，肯定地对老师说："有，老师，还有比这更坏的凳子。"教室里一下子安静下来，大家都望着爱因斯坦。他走回自己的座位，从书桌下拿出两个更为粗糙的小板凳，说："这是我第一次和第二次制作的，刚才交给老师的是第三个小板凳。虽然它并不使人满意，可是比起前两个总要强一些。"

这就是爱因斯坦的三只小板凳的故事。他敢于在众人面前拿出的这只板凳连他自己都知道是个不成功的制作品，但是他还是在做了两个更为粗糙的板凳后进行了第三次尝试，这一次虽然也不是成功的，但在经历了前两次的失败后，这次的失败就是一种成功。

德国作家席勒说："只有恒心可以使你达到目的，只有博学可以使你明辨世事，真理常常藏于事物的深底。"只要矢志不渝，持之以恒，最终必将解决难题。所以，我们应该从小培养恒心，然后专注地去实施，长此以往，困扰你的那些大小问题，必将会逐渐得到解决。

培养恒心要牢记三点

恒心是人的一种能力，这种能力是需要培养才会形成的。男孩如果平时做事便没有恒心，那么当需要他有恒心的时候，这种能力是不可能一下子冒出来的。所以，男孩要从现在做起，在做每一件事情，包括小事的过程中，有意识地坚持培养自己的恒心。男孩要培养恒心，可以用以下三种方法。

1. 决心做一件事以后就要专注，安排切实可行的计划并给自己一个假设，如果这是一件事关存亡的事情，我还会不会专注下去，这样大多数阻碍你的事都会退散。

2. 我们做一件短暂的小事很容易，做很多长久的事情却做不下来，这是因为我们没有长远的奋斗目标，有了终极奋斗目标，就有了持久力，这样才会坚持。做事情的时候，不要想着很快就要做好，要循序渐进。

3. 我们往往高估了我们一天能做的事情，而低估了我们一年做的事情。只要一步一个脚印，踏踏实实地去做，每件小事都给自己一个信心，给自己一个希望，这样你就能坚持下去了。

在了解了这些方法之后，男孩要做的，便是将这些方法落实到自己的生活当中，并坚持下去，这样坚持一定的时间之后，你便会发现自己的恒心越来越强了。在这个过程中，如果出现了懈怠心态的话，一定要注意提醒自己，坚持到底。

志在必得地看待问题

❉ 情商培养点：志在必得，信心满满

苏联文学家高尔基说："人最凶恶的敌人，就是他意志的薄弱和愚蠢。"所以我们在解决问题的过程中，一定要具有志在必得的决心和顽强的毅力。可以说，志在必得地看问题，会让你在解决问题的过程中始终充满斗志、傲视对手。

马特洪峰海拔4478米，是欧洲阿尔卑斯山脉最著名的山峰之一。几十年前，有一支由业余爱好者组成的登山队准备攀登马特洪峰的北峰。他们的攀登活动引起了当地新闻媒体的关注。

在这些登山队员开始攀登前，新闻记者对这些来自世界各地的登山

记者问其中的一名登山队员："你打算登上马特洪峰的北峰吗？"

这名登山队员回答说："我将尽力而为。"

记者又问另一名登山队员："你打算登上马特洪峰的北峰吗？"

得到的回答是："我会全力以赴。"

接着，记者又问了第三名登山队员同样的问题，他回答说："我将竭尽全力。"

最后，记者问第四名登山队员："你打算登上马特洪峰的北峰吗？"他近乎激动地呼喊着："我将要登上马特洪峰的北峰！我一定会登上马特洪峰的北峰！"他的身体看起来并没有前面所采访过的几位队员强壮。

随后，这些登山队员就出发了。记者也对此进行了跟踪报道。等到本次登山活动结束后证实，真正登上了马特洪峰北峰的只有一个人，就是那个说过"我将要登上马特洪峰的北峰！我一定会登上马特洪峰的北峰！"的队员。

对此，记者分析说，在他采访的四个人中，为

知识加油站

阿尔卑斯山脉，是欧洲中南部的大山脉。意大利北部边界，法国的东南部，奥地利，瑞士，列支敦士登，德国南部以及斯洛文尼亚均为其所覆盖。欧洲境内的许多大河都发源于阿尔卑斯山脉。

什么只有最后采访的那个队员成功登顶呢？也许原因就在于，他们在登山前所持的心态不同。前面采访的三个队员仅以"尽力而为""全力以赴""竭尽全力"的心态去争取成功，但面对险峻的马特洪峰的北峰，这样的心态显然是不够的。而最后那位队员，在实现目标之前，就怀着

一种"志在必得"的心态，登山前的采访时，记者就明显感受到了全力一搏、志在必得的信念和毅力，这才是他成功的关键。

其实，人生的道路何尝不像登山一样——一个男子汉只有坚守信念、锲而不舍、志在必得，才能登上胜利的高峰。

志在必得需要三个方法

做事成功的人往往都具有吃苦耐劳、不怕困难、勇于走向成功的强烈信念。这正是他们迈向成功的动力源泉。胸无大志者忙碌一生终难成大事，只有志在必得者，才会造就辉煌的成就。男孩想要取得成绩，便要具有志在必得的信心。具体来说，要做到以下三点。

1. 相信自己的力量完全可以战胜面前的困难，前方有一百个苦难，你就有一百零一个决心，这就是你的态度。

2. 积极进取、勇于冒险，顽强勇敢地向目标进军。在奋斗的过程中，你可能会遇到各种各样的问题，但是可别忘了自己的决心，点燃自己的斗志。

3. 把自己掌握的知识和具体实践结合起来，做到"知行合一"。经常对自己

明天的考试，我一定取得好成绩！

说，别人能做到的，我一定能做到；别人做不到的，我也可能做到！

做到了这三点，男孩便掌握了让自己志在必得的诀窍，一直按照这些方法做下去，你就会成为一个胸怀大志、志在必得的人。

做事分清轻重缓急

❋ 情商培养点：做事有主有次

现代管理之父彼得·德鲁克说过："必须分清轻重缓急。最糟糕的是什么事都做，但都只做一点，这必将一事无成。"可以说，做事分得清轻重缓急是解决问题过程中必须明确、清楚的一点，尤其是在问题纷繁复杂、接二连三的时候，这一点显得尤为重要。

兄弟两个去打猎，路上，只见一只野鸭在空中飞着，他们见此拉起了弓箭，准备将野鸭射下来。

"我把它射下来烤着吃。"哥哥拉开弓瞄准说。

"我觉得还是煮着吃更有味道。"弟弟说。

"烤的好吃！"

"煮的好吃！"

两人争论不休，于是

知识加油站

彼得·德鲁克，当代最受推崇的管理大师。被誉为"现代管理之父""大师中的大师"。半个世纪以来，他率先提出很多重要的管理理论，如目标管理、民营化、顾客导向、信息社会等。

他们打算找一个人来评理。

评理的人告诉他们，把野鸭分成两半，一半煮，一半烤就行了。兄弟俩觉得有道理，就回去找那只野鸭。但野鸭早就飞得没有踪影了。

学会分清轻重缓急，说起来容易，做起来，尤其是要做好，就更不容易了。很多男孩见到周围的同学或朋友有这样那样的东西，做这样那样的事，得到这样那样的好处，就想自己也样样都做，样样都有。于是乎什么"轻重缓急"就丢到九霄云外去了。

其实，一个人成功的关键因素之一就在于意识到个人的局限性，在任何一个人生阶段上都不会对自己求全责备，坚决不与周围的人攀比；善于辨别并敢于抛弃某些看起来"不可不做"的小事；在大事上持之以恒并把大量的时间和精力真正投入进去。

分清轻重缓急有高招

男孩在学习过程中经常会被各种琐事和杂事所纠缠，很多人由于没能掌握高效的学习方法，而被杂事搞得筋疲力尽。其实这时候，只要将要做的事情分清轻重缓急即可，具体可以参考以下三点。

1. 找出最重要的事情。分清轻重缓急，并不是任何时候只能做最重要的一件事而完全忽略所有其他的事，而是要分析哪些是属于当时最重要的一件或两件事并坚决把它们做完。

2. 设计出做事的先后顺序。除去最重要的事情，其他的事也可以根据自己的需要、能力去做一些。但一定要设计出优先顺序，并且不宜随便更改。

3. 将复杂的事情进行分类。面对纷繁复杂的各种事情时，你可能会有些手忙脚乱，这就需要你作出判断，——将复杂的事情分类、归纳，归纳出来之后再按轻重顺序——地解决，多试几次，你就能轻松地学会面对各种或急或缓的事情了。

知识的海洋很深很广，每个人的时间、精力又都是有限的，所以在做事时，我们必须分清轻重缓急，要有所不为，才能够有所为。

双赢谈判——问题解决游戏训练

1. 游戏目标

应用双赢谈判的标准，来促进问题的良好解决。

2. 规则简介

这个游戏总共需要60分钟。集体探索令谈判获得双赢的四个标准，并于角色扮演活动中进行应用。

3. 材料预备

"双赢谈判"材料。

4. 游戏程序

活动内容	预计所需时间
对解决问题与谈判之间的关系进行讨论，对四个核心标准进行分析	30分钟
游戏参与者分角色进行扮演，并对这些标准进行应用	20分钟
总结汇报	10分钟
共计	60分钟

5.特别说明

（1）帮助游戏参与者理解解决问题与谈判间的密切联系。带领游戏参与者了解双赢谈判的四个核心标准：针对问题，而不是人；关注利益，而不是立场；拓展解决问题的渠道；达成一致。集体对这四个标准进行讨论，同时提出问题解决策略的范例。并讨论这个策略何时才能奏效？有效期能够保持多久？解决策略是否需要运用四个核心技能？

（2）每两个人结成一组，向他们分发"双赢谈判"材料。

（3）两个人分别扮演"双赢谈判"材料中的问题情景，并对四个标准进行运用。

（4）集体讨论角色扮演与四个标准的应用。并引领大家思考：在解决问题的过程中，遵循这些选择具有什么样的重要意义。

（5）"双赢谈判"材料。

甲是家长，乙是孩子。暑假时，乙答应帮甲做家务，条件是甲允许给他三天假期供其自由玩耍不受约束。甲在心中也希望孩子得到放松，但是却又担心不对孩子进行约束，会令其作风散漫。

双方都愿意完美地解决问题，但是心中都不太愿意作出让步，至少没有谁愿意先退让，他们对问题的解决既充满希望，又感到不安。

6.游戏成效

通过"问题解决游戏训练"，使游戏参与者掌握有效谈判的四个标准。识别有效解决问题当中，应用四个标准的不同方法。

第十四章
心态决定成败
——保持乐观的心态

　　童话故事片《海尔兄弟》中，由智慧老人创造出的海尔兄弟和一群朋友们，为了解决人类所面临的灾难、解开无穷的自然之谜而环游世界。面对前进途中遇到的种种困难，海尔兄弟都以乐观的心态和过人的智慧将其一一化解，并用自己的积极心态影响着同行的人们，帮助大家从太平洋穿越北美、南美、南极、澳洲、非洲、欧洲、亚洲，最终顺利回到他们的诞生地太平洋。

　　《学习乐观》的作者马丁·塞利格曼指出，对于乐观向上的人来说，失败往往只是暂时的，而不是他们的过错。在乐观的人眼中，困境可以成为一种挑战，一个让人有所作为的机遇，能够呼唤出更大的力量。

微笑面对生活

❋ 情商培养点：带着微笑生活

微笑是乐观最直观的表现，是人与人之间消释隔阂的阳光。一个脸上经常挂着微笑的人，往往更容易赢得人们的赞誉和认同。开朗、乐观的人往往会表现出积极向上的态度，并且能够将这种态度传染给周围的人。可以说，微笑是正心态中最常见也是最有效的培养方式。

丹尼尔·雷德克里夫是家中唯一的孩子，从小就生活在自由的天地里。每天放学后，丹尼尔都和小伙伴们一起在自家的庭院里做游戏。他的世界里总是充满阳光和微笑，他不知道什么是孤独，也从来没有机会感受过——他的朋友太多了，有邻居家的小男孩吉姆，有住在另一个街区的麦克，有在放学路上结识的吉米……

知识加油站

《哈利·波特》，是英国女作家 J. K. 罗琳创作的系列小说。它描写的是主人公哈利·波特在霍格沃茨魔法学校的学习生活和校外冒险的故事。

"丹尼尔，为什么你总是如此快乐呢？"这是邻居和客人们经常对他说的一句话。因为丹尼尔开朗活泼的性格，一脸灿烂的笑容总是能感染周围的人，并能把沉闷的气氛变得活跃起来。

丹尼尔的爸爸是剧组工作人员。一个偶然的机会，爸爸带着他来到剧组，丹尼尔一下就被导演哥伦布看中了，哥伦布认为这个瘦弱、眼睛纯净、脸上总是挂着快乐微笑的男孩可以尝试出演《哈利·波特》。

后来，他们让丹尼尔和其他海选上来的人一起参加了一次又一次试镜，最后由丹尼尔和来自美国的连恩艾肯角逐哈利·波特这一角色，因丹尼尔是英国人，而《哈利·波特》这部小说又是来自英国，所以剧组最终选择了丹尼尔。得知被选中时，丹尼尔正在洗澡，是他父亲接的电话，当他告诉丹尼尔时他兴奋得不得了。但是父母不太赞同儿子演戏，怕影响学业，后来经过导演多次游说后总算成功了，当然，从始至终，丹尼尔是一直很想出演哈利的。之前他曾经有过演艺经历，出演过《巴拿马裁缝》中裁缝的儿子，也算是小童星了。但是他从未想过能够出演哈利·波特这样重要的角色。

终于，11岁的丹尼尔击败了上万名踌躇满志的对手，赢得了这个命运之神选择他来出演的角色。正如导演哥伦布所言："丹尼尔走进了我们的视野，我们一下子就知道已经找到了这位哈利。他的阳光和笑容感染了我们，当丹尼尔走进试镜的屋子时，他还没开始表演，我们就喊了起来：就是他！就是他！"

美国总统华盛顿说："一切的和谐与平衡，健康与健美，成功与幸福，都是由乐观向上的心理产生与造成的。"因此，心情是可以选择的，乐观和悲伤都由我们自己做主。所以我们一定要保持积极、乐观、向上的生活态度，微笑着迎接每一天的朝阳。

情商训练营

让自己学会微笑

微笑如同是友善的土壤上面开出的五彩缤纷的花朵，微笑如同是直上云霄、冲破阴霾的气概，能够帮助人们聆听心灵深处的真挚呼唤。男孩要学会微笑，这样会令你的生活充满阳光，同时将快乐带给他人。想要让微笑与自己常伴，要坚持做到以下四点。

1. 利用镜子，使你脸上露出一个很开心的笑脸来。挺起胸膛，深吸一口气，然后吹一会儿口哨，若是你不会吹，就哼哼自己喜欢的歌儿，记住自己快乐的表情。

2. 坚持微笑待人，笑可以使肺部扩张，促进血液循环。幽默是能在生活中发现快乐的特殊的情绪表现，可以从容地应付许多令人不快、烦恼、甚至痛苦、悲伤的事情。

3. 培养广泛的兴趣，既可以充实生活、保持心情愉快，也可以作为化解紧张情绪的手段。

4. 培养活泼进取、开朗、积极参与的生活态度，在平凡稳定的生活中创造追求的源泉，谱写快乐的人生。

微笑的人总是能看到旅途中和煦的春风、姹紫嫣红的鲜花和林间飞舞的蝴蝶。他们善于发现生活中的快乐，并且总是满腔热情地追求快乐，轻松上路。男孩们，从现在做起，让我们学会磨炼自己的心性，开始微笑吧。微笑着面对自己，微笑着面对生活中的每个人。

保持豁达的心态

❀ 情商培养点：面对苦难不灰心

法国文学家罗曼·罗兰说过："所谓内心的快乐，是一个人过着健全的、正常的、和谐的生活所感到的快乐。"我们不应该在失去心爱的东西之后伤心欲绝，更不应该在经历磨难的时候选择逃避。要知道，苦难是生活中一个不可缺少的部分，它是你生活中的一种收获。豁达、乐观的心态是正心态中至关重要的一环，它决定了我们从事其他活动的背景颜色和感情基调。

从前，有一座山里住着一位以砍柴为生的樵夫，他毕生的目标就是靠自己的力量建造一间纯木头的、能够遮风挡雨的房子，所以他每天都得辛苦地到山上去砍木头。

在他不断地辛苦建造下，终于完成了一间可以遮风挡雨的纯木头房子，樵夫高兴得一晚上没有睡着觉。他觉得自己是世界上最幸福的人，因为他的目标实现了。

可是，这种幸福感并没有持续多久。有一天，他挑了两筐蘑菇到城里卖，当他黄昏回家时，发现他的房子不知道什么原因起火了，火势迅速蔓延开来。左邻右舍都前来帮忙救火，但是因为傍晚的风势过于猛烈，所以还是没有办法将火扑灭，一群人只能静待在一旁，眼睁睁地看着炽烈的火焰吞噬了整栋木屋。

大火灭了，新盖的房子却没有了。邻居非常同情地来安慰樵夫，希望他能振作起来。甚至还有人贴心地为他送来了毛巾，以为他一定会痛哭一场的。可是，樵夫并没有像周围人所想的那样伤心欲绝。只见这位樵夫手里拿了一根棍子，跑进倒塌的屋里不断地翻找着。围观的邻居们以为他正在翻找着藏在屋里的珍贵宝物，所以也都好奇地在一旁注视着他的举动。

知识加油站

罗曼·罗兰，法国著名文学家、社会活动家。身为作家，他创作了《约翰·克利斯朵夫》《母与子》等作品，并于1915年获得诺贝尔文学奖；身为社会活动家，他一生都在坚持自由、真理和正义，为人类的权利与反法西斯斗争奔走不息，被人们称为"欧洲的良心"。

过了没多久，只见樵夫挥舞着棍子兴奋地叫着："我找到了！我找到了！"邻居们纷纷走向前欲一探究竟，才发现樵夫手里捧着的是一柄斧头，根本不是什么值钱的宝物。只见樵夫兴奋地将木棍与斧头装好，充满自信地说："只要有这柄斧头，我就可以再建造一座更坚固耐用的屋子了。"

也只有在你痛苦和难过的时候，你才会发现一些平常的东西此时是多么可贵和难得。所以我们不怕遇到困难，重要的是你能否正确地对待它，能否以豁达的心态勇敢地驾驭它。正所谓"苦难是人生的老师"，豁达的心态会让你学会抗争和思考，为生活燃起无限的希望。

豁达心态训练有窍门

情商训练营

大海拥有了波澜，才显得更加壮丽；树木接受了雨水的洗礼，才显得更加苍翠；生活有了挫折的存在，才会更多地出现感动、让人展现坚强……当面对磨难、挫折或者是坎坷时，男孩不应该消极对待，甚至是坐以待毙，而是要保持豁达的心态，去积极乐观地面对，在挫折面前展示微笑，去寻求解决问题的办法。那么男孩怎样才能保持豁达的心态呢，下面介绍几种方法。

1. 对环境和他人不要提出不切实际的非分要求，告诉自己快乐的核心是自我满足。

2. 当别人激怒你的时候，对自己说："我是一个豁达的人，一个胸如大海的人"。

3. 拥有一个座右铭。如每当紧张出现时，就想想自己的座右铭"我是一个冷静的人"，然后进行自我放松。

4. 告诉自己生活永远不能困扰你，豁达地过一天比烦恼的过一天更有意义。

男孩们，不要因为摔了跤而从此不敢奔跑，不要因为遭遇了风雨便去诅咒生活，不要因为一时迷路而忽视沿途的风光。让心胸豁达起来，一步步地去克服挫折、挑战挫折，甚至享受挫折，才能最终找到生活中的闪光点，享受成长中的每一步。

告别过去的自己

✳ 情商培养点：告别过去的烦恼

如果我们每天都在为了过去的烦恼耿耿于怀，或者每天都在盘算、忧虑着未来的事情，那还怎么能抓住今天，生活在现实中呢？细想起来，每一个人最能把握住的生活便是现在。除去现在的时光，你没有办法再生活到过去，也无法生活到未来，所以，不要为了过去的烦恼而烦恼。

著名成人教育家拿破仑·希尔曾有过这样一次奇妙的经历，他这样叙述自己的经历：那时我才十几岁，但是我好像常为很多事发愁。我常常为自己犯过的错误哀叹不已，考试完以后，我常常会半夜里睡不着，总是担心自己考不及格；追悔我做过的那些事情，后悔当初不该

大师如是说

莫把烦恼放心上，免得白了少年头；莫把烦恼放心上，免得未老先丧生。

——英国小说家　狄更斯

那样做；我总爱反思我说过的一些话，总希望当时能把那些话说得更好。

一天早上，我们全班到了科学实验室，教授把一瓶牛奶放在桌子边

上。我们都坐着，望着那瓶牛奶，不知道牛奶跟我们的试验有什么关系。然后，教授突然站了起来，看似不小心的一碰，把那瓶牛奶打翻在地，然后，他在黑板上写道："不要为打翻了的牛奶而哭泣。"

"好好地看一看，"教授叫我们所有的人仔细看看那瓶打翻的牛奶，"我要你们永远都记住这一课，这瓶牛奶已经没有了，它都洒光了。无论你怎么着急，怎么抱怨，都没有办法再收回一滴。我们现在所能做的，只是把它忘掉，丢开这件事情，只注意下一件事。"

我早已忘了我所学到的几何及其他学科，但这短短的一课却让我记忆犹新。后来，我发现这件事所教给我的东西，比我在高中读了那么多年书所学到的东西还要有意义。它教我懂得：尽量不要打翻牛奶，万一打翻牛奶并整瓶洒光的时候，就要彻底把这件事情忘掉。

"现实生活中你们不可能锯木屑"，希尔先生说道，"因为那些都是已经锯下来的。过去的事也是一样，当你开始为那些已经做完的和过去的事忧虑的时候，你不过是在锯一些无用的木屑。"

要使过去的事情真正具有积极的意义，唯一的方法就是冷静地分析过去的事情，并从中汲取教训，然后将这件不愉快的事情忘记，彻底与过去的自己告别。

忘记过去的烦恼

在多彩的生活中，总会有无数的烦恼充斥其中。当面对烦恼时，男孩不要一直沉浸在纠结当中，而是要将这些事情当成自己的经历或者是回忆，令其成为自己生命当中的积淀，自己从中领悟得与失。这样，烦恼反而会成为宝贵的经验。那么怎样忘记过去的烦恼呢？下面为男孩提供几种方法。

1. 为自己寻找欢乐。当遭遇烦恼的时候，男孩要学会自己主动去寻找、创造快乐。比如多读幽默故事、多看喜剧片等，这都是非常不错的帮自己摆脱烦恼、让自己快乐起来的方法。

2. 转移注意力。当有不愉快的事情出现时，男孩可以通过做其他事情，来让自己离开这个环境，从而令自己的情绪和注意力获得转移，一点一点地淡忘烦恼。

3. 学会顺其自然。这就是说做什么事情都要顺其自然。要视变化为必然，让自己的心理学会适应，当变化出现之后，要尽快地适应变化之后的新情况和新角色，避免产生心理冲突。

4. 懂得宽恕。男孩要懂得宽宏大量，做事以大局为重，不去计较小事和个人得失，学会团结那些与自己意见不同的人，心中无怨，自然烦恼不生。

忘记过去的烦恼，便能够轻松面对未来的考验；忘记过去的忧愁，便能够轻松享受生活带来的乐趣；忘记过去的痛苦，便能够体味人生的多姿多彩。男孩们，学会忘却吧，掌握了这项本领，你就可以发现生活当中美好的一面。

晴天和雨天

❋ 情商培养点：乐观给自己带来希望

每个男孩都处在一定的社会环境和自然环境中，长期以来，我们已习惯于认为是环境制约了我们。其实，真正制约我们的并非是环境，而是我们的心态。在通往成功的路上，能否有一个良好的心态，直接影响着你对周围事物的理解。

在很久之前，有一个老太太，整天哭天抹泪的，眼窝似乎从来都没有干过。有一位先生见她老是在哭，于是便问她："老人家你为什么整日心情不好呢？"老太太说："我有两个靠做小买卖为生的儿子，大儿子卖雨伞，小儿子卖布鞋。你看这天，除了晴天便是雨

大师如是说

人生的道路都是由心来描绘的。所以，无论自己处于多么严酷的境遇之中，心头都不应为悲观的思想所萦绕。

——日本实业家
稻盛和夫

天。晴天没人买伞，雨天无人买鞋，这老天爷就是不开眼，不管穷人的死与活，我怎么能无时不担忧，无刻不落泪呢？"那位先生听完老太太的话后大笑道："哈哈，老人家，你这种想法是错误的！雨天没人买鞋，可是却正好有人买伞；晴天无人买伞，却正好有人买鞋呀。不管是晴天还是雨天，每天你都有一个儿子的生意是很好的，你为什么不天天高兴呢？"听了先生这席话，老太太破涕为笑了。

心态的好坏在很大程度上决定了人生的成败。积极心态能发挥潜能，吸引财富、成功、快乐和健康；消极心态则排斥这些东西，夺走生活中的一切，使人终身陷在谷底，即使爬到了巅峰，也会被它拖下来。

积极心态的特点是信心、希望、诚实、爱心和踏实；消极心态的特点是悲观、失望、自卑、虚伪和欺骗。我们一定要让自己时刻保持乐观积极的心态，让消极心态远离自己的生活。

让自己告别悲观情绪

乐观和悲观是人生两种态度，乐观的男孩，看任何事情都能看到事物的长处，看到对自己有利的一面，从而看到希望；悲观的男孩看问题总是盯着事情不好的一面，越看越烦，越看越消极沮丧。男孩想让自己告别悲观、享受生命，便要按照下面所说的四种方法去做。

1. 切断同自己过去失败经验有关的所有回忆，消除自己脑海中那些和积极心态背道而驰的不良因素。

2. 找出自己感兴趣的事情，并立刻着手去做，不留半点空间给胡思乱想的念头。

3. 每天说一些令他人高兴的话，做一些让他人感到舒服的事。为他人带来好心情的同时，自己也能够保持无忧无虑的心情。

4. 多进行运动，以保持健康的体魄。生理方面的疾病非常容易引发心理失调，所以要让自己的身体同自己的思想一样保持健康。

乐观之于人生，是浮荡在地平线那袅袅升起的热望与希冀，是寻得一份旷达与美好的铺垫与勇气。心怀乐观心态的男孩看到的永远是希望，他用微笑面对生活，即使处于逆境也更容易获得成功。

让快乐传递起来

❋ **情商培养点：告别悲观，传递快乐**

　　曾经有位哲人是这样说的，在人一生的航程中，悲观心态的人一路上都在晕船，无论目前境况如何，他们对将来总是感到失望和恶心，那么还谈何快乐与好运，更谈不上充分享受人生旅程中的美好风光了。

　　一个孩子随母亲到寺院进香，看到方丈在洗桃子，孩子站定了不想离去。方丈便把洗好的桃子递给孩子，但孩子的母亲觉得这样不好，不让孩子伸手，并对方丈说："师父还是自己留着吧，这桃子若是给了他，你就少了一个！"

　　方丈听后便笑了："我少吃一个桃子，但多了一个人吃桃的快乐。"方丈把桃子塞到孩子手中，飘然而去。

　　这个孩子叫清水龟之助。从此以后，他知道了快乐是可以互相传递的。当他因生活所迫成为邮差时，最初很苦闷，但他不想把自己的苦恼传染给别人，因此始终在工作时保

大师如是说

开朗的性格不仅可以使自己经常保持心情的愉快，而且可以感染你周围的人们，使他们也觉得人生充满了和谐与光明。

——法国文学家
罗曼·罗兰

持微笑。他看到那么多人在接到信件时露出微笑，那份快乐又传递给了自己，他觉得自己的工作是很有意义的。

邮差是一份辛苦的工作，而且收入微薄，很少有人将其作为一生的职业。但清水龟之助一干就是 25 年，成为日本屈指可数的老邮差。

清水龟之助每天一大早就出门，用自行车驮着报刊和邮件穿梭于大街小巷。凡是接受过清水龟之助服务的居民都十分喜欢他，因为他每天都很快乐，居民们从他手中拿到信件和报刊的时候，也得到一份他带来的由衷的快乐。

日本有一项国家级的奖项，叫"终身成就奖"。以前得到这个奖项的大都是社会精英，但有一年政府将这个奖颁给了清水龟之助。有人对一个邮差获此大奖感到不解，但在得知清水龟之助的事迹后，他们改变了看法。

清水龟之助通过平凡的工作给大家带来了快乐，而快乐是无法用金钱来买的。乐观的心态，有时可以改变人的命运。

清水龟之助传递快乐，获得了日本国家级别最高的"终身成就奖"。他成功的秘诀就是保持乐观的心态。然而，很多人总被"悲观心态"困扰，他们纵然嘴中可能时常在念叨成功、好运，但这一切都因为他们心中充满着恐惧、畏怯、消极、怠慢等而变得虚无缥缈。

怎样传递快乐

快乐是每个男孩都想要获得的，并且，我们不仅要自己获得快乐，同时还要将快乐传递给他人。生活所带来的烦恼可能会令我们失去快乐，我们要让别人在自己的努力下享受到阳光和美好。男孩想成功地将快乐传递给他人，便要从两个方面去着手进行解决。

情商训练营

1. 陪伴伤心的人。当身边的人情绪低落时，不妨多和他说说话、聊聊开心的事情，尽量别去提让他伤心的事，从而帮助他忘记心中的不快。

2. 替人分担内心的苦闷。想要帮助一个人，让他真正快乐起来，就要真正了解他人内心的苦闷，替他分担，这样他才能够感觉到自己的内心正在快乐起来。

其实人生如同四季，有风和日丽，也会出现雷电交加，这一切都很平常也很正常。我们要保持乐观的心，让自己，也让别人轻松走过人生的风风雨雨，顺其自然地收获最终的果实。

别烦了，快来和我们一起玩吧！

看到积极的结局——乐观游戏训练

1. 游戏目标

认识到乐观态度会对解决问题产生积极的作用，有助于快速找到解决方案。

2. 规则简介

这个游戏总共需要45分钟。游戏参与者对乐观为什么非常重要、想法是怎样影响乐观态度的进行讨论。接下来，两个人一组，对一个在生活中尚未找出明确答案的问题进行讨论，仔细构想积极的结果。

3. 材料预备

无。

4. 游戏程序

活动内容	预计所需时间
对乐观、价值观以及信念间的联系进行讨论	10 分钟
两个人一组，对乐观的重要意义进行讨论	10 分钟
两人讨论生活中还未找到解决方法的问题，构想积极的结果	15 分钟
承诺保持乐观的态度	10 分钟
共计	45 分钟

5. 特别说明

（1）对"乐观"和"相信产生积极结果"这一信念间的联系进行讨论，让游戏参与者感受到信念对最终结果所产生的巨大影响。

（2）两人一组，分享他们对乐观在生活中所产生作用的看法，然后集体对这个话题进行讨论。组织者提问，乐观对于他们生活所产生的意义有多大。

（3）让大家分享经验，对陷入悲观时自己的反应进行讨论。看他们自己是否能够很快察觉？悲观的态度会伴随他们多久？

（4）让大家了解，战胜悲观的一个好方法便是将"这个事情我做不成功"的想法变成"我知道一定有更好的方法来解决这个问题"。

（5）所有游戏参与者集体讨论，承诺以后遇到新问题时尽量保持乐观。

6. 游戏成效

通过"乐观游戏训练"，进一步帮助游戏参与者认识到消极思考带来的不良后果，引导游戏参与者的思维向更加积极的方向进行思考。

参考文献

[1] 丹尼尔·戈尔曼. 情商：为什么情商比智商更重要［M］. 杨春晓，译. 北京：中信出版社，2010.

[2] 丹尼尔·戈尔曼. 情商2：影响你一生的社交商［M］. 魏平，等，译. 北京：中信出版社，2010.

[3] 丹尼尔·戈尔曼. 情商（实践版）［M］. 杨春晓，译. 北京：中信出版社，2012.

[4] 陈真，赵卜成. 成就孩子：给孩子一个高情商［M］. 北京：中信出版社，2011.

[5] 张永生. 西点军校情商训练课［M］. 北京：印刷工业出版社，2013.

[6] 党博. 做个有出息的男孩［M］. 北京：中国纺织出版社，2011.

[7] 云晓. 优秀男孩的5种思想7种习惯9种能力［M］. 北京：朝华出版社，2011.

[8] 沧浪. 中国男孩心理成长枕边书［M］. 北京：中国妇女出版社，2011.

[9] 彭超. 优秀男孩必须要做的100件事［M］. 北京：中国纺织出版社，2012.

[10] 文轩. 做个有完美性格的男孩［M］. 北京：朝华出版社，2012.